La sonrisa vertical

Colección de Erótica dirigida
por Luis G. Berlanga

José Luis Muñoz

Pubis de vello rojo

XII *Premio La sonrisa vertical*

TUSQUETS EDITORES

1.ª edición: marzo 1990
2.ª edición: abril 1990

Diseño de la colección: Clotet-Tusquets
Diseño de la cubierta: MBM

ISBN: 84-7223-155-0
Depósito legal: B. 12.119-1990
Fotocomposición: Tecfa - Almogávares, 189 - 08018 Barcelona
Libergraf, S.A. - Constitución, 19 - 08014 Barcelona
Impreso en España

Indice

A los que se quedaron en el camino

No hay dos pueblos en la faz del globo que sean virtuosos de la misma manera. Luego la virtud no tiene nada de real, nada de intrínsecamente bueno y no merece en absoluto nuestro culto.

Marqués de Sade

El despertar

El despertador, que es un aparato pequeño, cuadrado, aséptico, terriblemente frío en su blanco diseño, cuya única función parece ser la de truncar sueños y recordarnos el paso inexorable de los segundos y, con ello, el inevitable envejecimiento, comienza a zumbar estridentemente sobre la mesilla de caoba negra que hay junto a la cama de juncos, cuando las agujas horaria y minutera coinciden sobre el número XII romano que fosforece en la penumbra. Una mano delgada, cuyas uñas aparecen pintadas con esmalte negro, se desliza, cortando el aire detenido del dormitorio, hasta silenciarlo. Luego, tras el rumor del roce de sábanas contra cuerpos y el borboteo de besos interrumpidos por risas breves y ligeros gemidos, una voz adormilada y suave, que se trunca en la garganta por los titubeos del sueño, rompe el silencio de la noche que reina en la estancia.

—¿Tienes que ir forzosamente? ¿No puedes inventar cualquier excusa y dejarlo para otro día?

—No tengo más remedio, cariño. Hoy es jueves. Madame Rosa no me dará más contactos si me comporto de esta manera tan informal.

—Está lloviendo. No ha parado ni un instante, es martilleante.

—De todos modos, tengo que ir.

—Ten mucho cuidado. Sobre todo que nadie te marque. Me horroriza que andes por ahí con tipos desconocidos. Un día tropezarás con un maníaco y...

—Y no pasa nada. No te preocupes, tampoco es tan duro.

La lámpara que descansa sobre la mesilla de noche, una esbelta esclava nubia en bronce negro de proporciones perfectas, que con los brazos extendidos aguanta el globo luminoso, se enciende, y su luz cenital se esparce por el dormitorio. El cuerpo de una mujer emerge de entre las sábanas de satén rosa, sin prenda alguna encima, mientras la otra ocupante del lecho hunde la cabeza, coronada de bucles dorados, en la almohada morada, huyendo de la luz. El cuerpo desnudo de quien sale del lecho cruza la habitación, coge sin detenerse un batín de seda que permanece doblado sobre el respaldo de un butacón orejero tapizado en terciopelo negro, se envuelve en él y desaparece en el cuarto de baño integrado en el dormitorio. El espejo se ilumina con los diez focos que lo ribetean, como los que se encuentran en los camerinos de las actrices, desparramando su luz fría cuando la mano de cuidadas uñas pulsa el interruptor, y tras ello es testigo de una sucesión de actos rituales que ante él se desarrollan; la mujer colgando el batín tras la puerta cerrada, la observación del propio cuerpo enmarcado en la luna, la caricia solitaria y narcisista que inicia la mano diestra por los senos, tomándolos y resaltándolos sobre el torso, mientras la siniestra desciende hacia el pubis, el agua caliente de la ducha que comienza a llover sobre sus hombros, despertándola del sueño, mientras las palmas abiertas de las manos extienden gel hasta los rincones más recónditos de su anatomía y el espejo se empaña por el vaho. En un instante de excitación, la mujer abre la boca bajo la ducha y traga un chorro cálido de agua, y permanece así un buen rato, hasta casi ahogarse, bebiendo con violencia, con los ojos entornados, las manos abiertas como ventosas contra los azulejos y los pezones erizándose progresivamente de placer.

*

Lo han hecho en la ducha. Siempre que se duchan acaban así. Y se duchan con frecuencia. Han entrado en la bañera, desnudas y abrazadas, han deslizado la mampara por su guía y han comenzado a besarse y acariciarse, con exquisita suavidad. «No me toques apenas», le decía ella, susurrante, «sólo con las yemas de los dedos, sólo así, siguiendo el contorno de mis pechos, sé suave, no me vuelvas loca», y la otra le ha obedecido gustosa al principio, hasta que ha comenzado a excitarse, ha perdido todo su control y se ha dejado llevar por la sensualidad más absoluta que le exigía el cuerpo, y entonces ha comenzado a presionar con fuerza sus senos, aplastándoselos contra el tórax, oprimiendo con los dedos su carne mórbida y cálida mientras le hundía la lengua en el paladar una y otra vez, con un ritmo enloquecedor, y los gemidos con que ella ha respondido a sus caricias la han colocado al borde del paroxismo, y ha sentido un cosquilleo en los labios que le ha obligado a besar todo el cuerpo de su amante, el cuello, las axilas primorosamente depiladas que descubre alzando sus brazos hasta casi tocar la alcachofa de la ducha, los senos maternales de fruncidos pezones que ahora sólo saben a gel de baño, arrodillándose a sus pies, torciendo la cabeza hasta encajarla entre sus anchos muslos que se resisten sólo un instante antes de abrirse vencidos por el ansia de voluptuosidad, y entonces la sujeta por los tobillos, con fuerza, alejándolos uno de otro, y le lame la vulva, profundamente, haciendo caso omiso de sus gritos cortos y jadeantes, que son tanto de protesta como de apremio, le hunde tanto la lengua en su cavidad erótica que la hace estallar de lujuria y deseo.

—¡Fóllame, por favor! ¡Fóllame!

—¡Pero si soy una mujer! —le ha dicho riendo.

*

—¿Quieres café?

La respuesta a la invitación es un gruñido, pero la mujer de corto pelo rojo y senos adolescentes lo interpreta como una afirmación, y, mientras se frota el cabello húmedo con una toalla, mientras se cierra el batín y lo anuda contra su cintura, muele el grano en el molinillo eléctrico que hay encima del mármol de la vecina cocina, prensa el polvo y ajusta con fuerza la cafetera dejándola luego sobre el fuego encendido.

—¿Estás segura de que me queda mejor así el pelo? ¿No me he pasado dejándomelo corto?

—¿Qué dices? ¡Estás preciosa!

—Parezco un chiquillo, ¿a que sí? —se queja, saliendo ya de la cocina, con una toalla como turbante enrollada a su cabeza, mientras bebe las pequeñas gotitas de agua que humedecen sus labios—. Lo he hecho porque se me estaban abriendo las puntas, pero ahora me arrepiento de haberme cortado aquella melena que tenía.

—Me gustas así —farfulla débilmente la mujer que aún permanece en la cama—. El pelo te está bien de todas maneras, la forma de tu cabeza es preciosa.

—Nos han devuelto el recibo de la luz, habrá que ir a pagarlo al banco. —La mujer, que se seca el pelo y a continuación el cuerpo con la toalla, esgrime un sobre abierto—. ¿También tendré que ir yo a pagar la luz? ¿He de cuidarme de todo en esta casa?

—No te enfades conmigo —ruega la otra, extendiendo los brazos, rozando con los nudillos el suelo, bajándose con el movimiento del cuerpo la sábana de satén que desnuda un seno grande y mórbido de estrellada areola rojiza.

La mujer de cabellos rojos y ahora secos se ha vestido. Primero han sido unas sucintas bragas negras que dejan casi al descubierto sus leves nalgas de chica adolescente, luego las medias oscuras que comprimen con fuerza los muslos y hacen más filamentosas sus piernas ya de por sí delgadas, el sujetador de encaje que cierra por delante y permite cierta holgura a sus senos, la falda de cuero negro que ciñe sus breves caderas y, por último, la blusa roja de seda que deja un generoso escote; y, encima, la cazadora de cuero que se asienta sobre sus hombros.

—Tu café.

La mujer que permanece en la cama sale de la zona de sombras y emerge de entre las sábanas de satén rosa. Está desnuda de cintura para arriba, agita los cabellos dorados que se desparraman por encima de sus hombros, cuyos bucles finales acarician los pezones rojo sangre en que culminan sus senos redondeados, y mira con cara de sueño a su compañera. Frisará los cuarenta a juzgar por el fulgor un tanto apagado de sus ojos grisáceos ribeteados de cortas pestañas, por la madurez que denota su pecho grande en delicioso declive, la línea amarga que se dibuja en las comisuras de sus labios gruesos pintados con un carmín rabioso, carmín que mancha incluso sus dientes ligeramente amarillentos que denotan a una empedernida fumadora.

*

Enseguida advierte que no es tan desinhibida como creía cuando, horas antes, en el bar de lesbianas de la calle Mallorca esquina Enrique Granados, la vio tomándose un San Francisco y fumando como una carretera cigarrillo tras cigarrillo de su cajetilla; fue entonces, al terminar el último pitillo, cuando se volvió, la vio muy pegada a ella y le pidió uno, y a partir de ahí cómo, de la forma más convencional, establecieron relación porque ambas lo andaban buscando.

—¿Sabes que estoy harta de los tíos? Son unos brutos, son groseros, son zafios, sólo tienen nuestro sexo impreso aquí, en su frente. Y cuando te están follando en lo único que se les ocurre pensar es en su maldita eyaculación, y una vez la han conseguido pues olvídame, te dan la espalda y se ponen a roncar los muy hijoputas.

—Pero tú estás casada, pese a todo —le dijo señalando el anillo grueso de oro que lucía su anular.

—¿Lo quieres? Di, ¿lo quieres? Te lo regalo. ¿Acaso piensas que esto significa algo para mí?

Ahora lo tenía sobre el pezón, sentía la textura fría del oro sobre su carne fruncida y estremecida, y esperaba divertida a que ella se desnudara.

—Me da una vergüenza horrible desnudarme mientras me están mirando —dijo ella, muy azorada—. Temo no gustarte.

—No digas bobadas. Vamos, desnúdate, quiero verte desnuda y tocarte.

—Bien, está bien. Pero, te lo advierto, tengo pliegues en el vientre, lastre de mi maternidad, y mis senos se caen. No soy ninguna niña.

—No te subvalores tanto, amiga, y déjame juzgar por mis propios ojos.

—Muy bien, muy bien. Pero, ¿qué haremos?

—Tú nada, absolutamente nada salvo dejarte hacer por mí.

Se desnudó al final, a regañadientes, temblando de frío, retardando el momento en que se desprendió finalmente de su sujetador y dejó deslizar hasta sus pies sus bragas de encaje negras. Y entonces la chica pelirroja la silbó, girando a su alrededor, ob-

servando sus nalgas grandes y redondas, prolongación de sus carnales muslos, y la generosa curva de sus pechos oscilantes. Y la mujer desnuda se sonrojó ante la admiración que provocaba en la otra.

—No me mires así —se quejó—. Nunca me ha mirado con deseo ninguna mujer, me siento extraña.

—Estás francamente buena —dijo, abarcando con sus manos ambos senos—. Tienes unas tetas deliciosas.

La primera vez temblaba como una hoja estremecida por el viento. Siguió todas sus indicaciones, sin rechistar, y dejó que ella retozara sobre su cuerpo, ofreciéndolo a sus besos y caricias pasivamente.

*

—Mañana tendré que ir a buscar a Carlos al colegio.

—¿Y Eudaldo?

—Tiene un congreso en Gijón, me ha pedido por favor que me quede con el niño estos días.

—No sé cómo eres tan madraza.

—Por mis senos, siempre dices que tengo pecho de madre.

El café humea en las tazas y por ello ninguna de las dos mujeres osa, por el momento, besar sus bordes de cerámica. La mujer de pelo rojo mira con firmeza a la mujer de pelo rubio. Su mirada es fría, acerada, penetrante como un cuchillo en sus entrañas. Observa sus senos redondeados, suaves promontorios de carne sensual que emergen del centro de su tórax, tallados con esmero, de color sonrosado que se oscurece progresivamente al llegar a las areolas, la curva suave del vientre limitada por la línea recta de la sábana fruncida, y es tanta la insistencia de su mirada que está a punto de provocar el sonrojo de la poseedora de tan hermosos atributos.

—No me mires así, que me cortas. Soy terriblemente vergonzosa.

—Tienes unas tetas preciosas —habla con lentitud, paladeando las palabras—. Es lo que más me gusta de ti, en lo primero que me fijé cuando te desnudaste el primer día. Estabas cortadísima.

—Ten mucho cuidado —le dice la mujer de cabellos ondulados a la mujer de pelo rojo, cambiando el curso de una conversación que le produce un evidente embarazo, mientras le coge la mano con ternura.

—No te tortures, cariño, me sé cuidar yo solita.

Reina silencio en el apartamento mientras sus bocas se abren y dejan pasar por sus gargantas la infusión negra y humeante del café. Silencio y desorden. Desorden de ropa interior desparramada por el suelo, de libros de Pierre Louÿs, Bataille, Aragon y Apollinaire entreabiertos sobre la alfombra, de ropa que debiera estar cuidadosamente colgada en las perchas del armario empotrado que permanece con las puertas abiertas de par en par, mostrando en sus entrañas conjuntos, suéters, abrigos, pellizas, pantalones y, entre ellos, el extraño artilugio de caucho.

*

«Fóllame», le repite saliendo de la ducha, implorante, cogiéndola ahora por el cuello, abrazando con fuerza su cintura, deslizando sus manos suaves hacia sus nalgas que se abren hasta que consigue bordear con las yemas de los dedos el círculo de su ano.

Es la primera vez que va a ser penetrada por otra mujer y toda ella se tensa y se cubre de sudor mientras aguarda impaciente en la cama con los muslos abiertos y recorre con su mano los bordes de sus labios. Observa cómo su amante se sujeta el enorme consolador de caucho a la cintura desnuda, cómo se aproxima a ella, bailándole los pequeños senos entrevelados bajo sus cabellos rojos, con el enorme pene erecto entre sus delgadas piernas, y tiene la sensación de ser una víctima que va a ser inmolada, en el ara de satén, al dios Sexo por el falo de marras. Cierra los ojos y jadea de excitación mientras lo siente deslizarse hacia el interior de su vulva, salir, entrar, salir, entrar, una y otra vez, y entonces la abraza con tal fuerza y la besa con tal pasión que desearía ahogarla. Ella le susurra un consejo al oído, para procurarle un placer aún más delirante: «Levanta tu culo, querida, y te quemará el fuego uterino, te morirás, no lo aguantarás», y ella, jadeando, obedece, siente el falso pene taladrando rítmicamente sus entrañas y se corre sin remedio sobre él. Experimenta una serie de cortos orgasmos de los que se avergüenza, que los exterioriza como si hipara, ahogándose, buscando la boca de su amante para saciarse, transmitiendo con sus labios y con sus manos el placer intenso que la embarga por dentro y la embota, dejándole en blanco la mente que ya pierde todo control sobre su cuerpo, que finalmente la deja sin aliento, jadeante, sudorosa, avergonzada de sí misma. Y alcanza el último orgasmo que es como una explosión final, un estertor de muerte, que la agita durante unos instantes, hace galopar su corazón bajo los senos oprimidos y humedece sus muslos hasta el límite de las rodillas.

—No sigas, por favor. Basta.

Le duele el sexo horadado. Le escuecen los labios de su vulva. Es como si su interior se hubiera fundido durante el coito.

La amante sale de ella. Se desprende del consolador, que cae al suelo junto a los libros, prendas de ropa, zapatos, medias. Y entonces hunde su lengua en el sexo dulce y apaciguado de su amante mientras masajea a ciegas sus grandes pezones que se fruncen de gozo.

—Te hubiera podido matar de placer —le dice.

*

—¿Me quieres?

—Claro que te quiero, te quiero muchísimo.

—Eso nunca se lo oí decir a Eudaldo. Era de la opinión de que las palabras se gastaban por su propio uso y que por ello no valía la pena que me repitiera a cada instante que me quería, que con una vez que me lo dijera al año ya tenía suficiente. Tú, en cambio, me lo dices muchas veces, y me gusta oírlo de tus labios, porque aprecio la pasión en tu tono de voz.

—Eres una gran sentimental, querida.

—Dame un beso.

Se lo da. Se lo da y sus labios tienen el gusto amargo del café sin azúcar. Siempre sin azúcar porque le seduce el amargor. Se lo da cogiéndola por la nuca, con ambas manos, clavándole los dedos en las cervicales, ladeando su cabeza, apretando su boca pequeña de labios finos contra la boca más grande y sensual que se humedece de saliva al contacto, venciendo la resistencia de sus labios cerrados con su lengua dura y áspera, que los abren como un cuchillo las valvas de una ostra, para indagar en su paladar, y la mujer madura de cabellos rubios y ondulados se vence de nuevo contra el lecho, jadeante, sintiendo sobre sus senos grandes y mórbidos la presencia de las manos expertas de la mujer vestida que, alternativamente, los acarician y pellizcan, sumiéndolos con brutalidad tanto en el placer como en el dolor.

—Basta, Sofía —gime presa de excitación.

Sofía se detiene y se alisa de forma mecánica el cabello con las manos abiertas como peines, por entre cuyos dedos pasan los filamentos rojizos de su pelo suave, y se alza grácil del lecho, relamiéndose los labios, como si le gustara el sabor a cuerpo dormido que ha aprehendido de la boca de su amante.

—No me esperes despierta —le dice, colgándose del hombro su bolso de cuero negro, dirigiéndose irremediablemente hacia la puerta de salida—. Felices sueños —ya con ella entreabierta—. Adiós —lanzando un beso con la mano, frunciendo su boca delgada, lo que le permite la visión fugaz de sus perfectos dientes nacarados.

Al cerrarse la puerta, la mujer de cabellos largos apaga la luz y se revuelve en el lecho. Al cabo de un instante la abre de nuevo. Busca a tientas una cajetilla de tabaco, extrae un cigarrillo de ella y lo prende rascando un fósforo que rompe la penumbra alrededor de su rostro. Se sienta en la cama mientras contempla el humo de su pitillo ascendiendo hasta el techo del dormitorio, en espiral, como una columna barroca. Acaricia el teléfono rojo que hay en la mesilla de noche, junto a la lámpara, hasta que decide descolgarlo y marcar un número. Está un buen rato con el auricular pegado a la oreja, aspirando ansiosa el humo del tabaco, hasta que una voz masculina, al otro lado del hilo, la sobresalta.

—¿Oscar? —pregunta y afirma al mismo tiempo, mordiéndose los labios—. Soy Blanca. Ven. Estoy sola. Sofía no volverá en toda la noche.

—¿Seguro? ¿Por qué no vienes tú?

—No. Yo no salgo de casa, me da pereza a estas horas. Además, que estoy metida en la cama. Ven tú si quieres.

Espera la respuesta con ansiedad, mordiéndose los labios; suspira con vehemencia cuando recibe la confirmación desde el otro extremo del hilo.

—De acuerdo, gatita. Voy para allá. Pero es arriesgado...

—Por eso es más excitante.

Blanca aparta las sábanas que cubren la mitad inferior de su cuerpo una vez que ha colgado el teléfono. Quedan al descubierto entonces sus muslos anchos, el vello oscuro de la ingle que traiciona el color rubio de su cabello, la raja brutal que en ella se abre cuando separa las piernas. Cierra los ojos y se come los labios mientras comienza a retozar con una de sus manos y la otra palpa y oprime su seno izquierdo.

El sótano

El rumor vuelve, insoportable, sórdido, creciendo entre las cuatro paredes del sótano. No conseguirá acostumbrarse a él. Como no puede acostumbrarse al dolor de muelas que le estalla en el cerebro. Es como si escuchara el roce de sus carnes satinadas por sudores tras los gemidos, es como si aquellos dos cuerpos, ahítos de placer, estuvieran mofándose, sumiéndole en la más abyecta de las humillaciones, desde una esquina de su camastro. Permanece inmóvil y anclado, sin capacidad de respuesta, escuchando el sórdido clamor de los cuerpos ayuntándose. Parecen insaciables, lo son, o sólo lo simulan porque él está allí, tumbado en el jergón, al otro lado de la leve cortina que separa ambos ambientes, y no ignoran su presencia, es más, seguro que incluso les excita saberle tan próximo a ellos escuchándolos, quieto e impotente testigo de su lascivia desenfrenada. El se venga.

Se remueve en la cama. Y los muelles crujen, y la sábana, que parece haber absorbido como una esponja la humedad de la estancia, le roza viscosa las piernas desnudas. Pero los muelles de la otra cama aún crujen mucho más, imparables, y los jadeos de ella se superponen a los mugidos de él, multiplicándose, acortando los intervalos que existen entre ellos, hasta casi formar un todo asfixiante que no muere nunca. Es como la banda sonora de una película pornográfica, que no excita, se limita a alterar, a mantener al espectador en permanente angustia por saberse mudo *voyeur* de algo en lo que nunca va a participar. Parece como si ella intentara demostrar al mundo la inmensidad de su placer con toda la fuerza de sus pulmones. Placer y dolor. Porque a él su placer le duele, le ahoga. Comienza a arrepentirse de todo, a desear con vehemencia que el mal sueño acabe y estar lejos de allí, en cualquier parte, en un sitio ventilado, soleado, y hacer las paces con Emma si aún está a tiempo. Cierra los ojos, cruza las piernas con violencia, llora de rabia, reprimiendo sus movimientos. La sigue oyendo, la seguirá oyendo aunque tapone sus oídos con los dedos porque el jadeo está en su interior, instalado como un cáncer en su cerebro, y allí va a permanecer aunque consiga huir lejos. Intenta pensar en otra cosa, como, por ejemplo, en qué empleará todo aquel dinero, y comienza a imaginar la cantidad de cosas agradables que podrá hacer con él. Pero no, maldita sea, no puede concentrarse en ello, le resulta del todo imposible hacerlo. Jadeos, jadeos y jadeos, como si estuvieran grabados en *play-back* y no fueran a cesar hasta que el espectáculo porno concluyera. Ha intentado taponarse los oídos con los pulgares, pero sigue escuchándolos, a su pesar, tan próximos que es como si ellos dos estuvieran refocilándose en su propio lecho y desde su extremo le observaran para espiar su expresión de angustia. El se venga.

No puede más y se levanta. Le duele el cuello,

hace frío en el exterior, y más frío aún en ese maldito sótano alquilado en el que el aire de la calle entra por múltiples rendijas. Hay una gran ventana al fondo, que da a la vía, desde la que cualquier peatón que pasee por la acera podría observar lo que sucede dentro si no estuviera corrida una cortinilla de saco que toscamente la obtura. Allí, allí abajo, en el sótano, la sensación de indefensión, vulnerabilidad, ahoga, se hace insoportable. Basta sólo una simple patada en el cristal para que el mundo exterior invada el cubil. Porque no otra cosa es la habitación dividida en dos por una cortina, con un baño, desprovista de luz. Resulta deprimente ver los pies de los viandantes, sus pantalones, sus piernas, y tener que imaginar el resto de sus cuerpos desde el subsuelo. Le duele el cuello por la postura incómoda que ha tenido que guardar aquella noche, la anterior, la otra, y la otra. Le duele por el aire gélido que se cuela por las rendijas que hay bajo la puerta, por los intersticios de la ventana, que permiten su paso violento. Un café caliente, nada como un café caliente en estas ocasiones. O el calor de la chimenea. O el cuerpo tibio de una mujer, de esa mujer que ya no es suya y vibra taladrada por el sexo de otro. El se venga.

*

Catorce años antes era al revés. El estaba sobre ella, moviéndose entre sus abiertos muslos sonrosados, y Paco era un simple voyeur *invitado a contemplar el hermoso espectáculo de sus dos cuerpos enlazados sucumbiendo al placer sin límites. Se había sentado en la alfombra, junto a ellos, y observaba sus evoluciones por el suelo de arpillera. Se había desnudado por completo y su pene, excitado, surgía entre sus piernas con la lejana esperanza de desahogar su deseo en el sexo de Ada.*

Ada siempre promiscua, siempre provocativa, embutida en sus tejanos, con el jersey negro de cuello de cisne tallándole los senos sin sujetador y su sonrisa, entre burlona y tentadora, prometiendo placeres.

—¿Por qué no llevas sujetador?

Y ella se levantaba el jersey en medio de la calle, de los pasillos del metro, del patio de la universidad, para mostrar, como una ensoñación, por brevísimos instantes, sus senos desnudos y perfectos al mismo tiempo que se burlaba de los escandalizados.

Ada no había hecho aún la revolución marxista-leninista, no se había desclasado, vivía con su padre, médico de profesión, en un piso oscuro del Ensanche barcelonés, recibía de él una asignación mensual para sus caprichos y no tenía mucha fe en la dictadura del proletariado. En cambio, había asumido a la perfección los principios de la revolución sexual y se había empapado de lecturas de Willheim Reich y de los dictados ácratas del mayo del 68 para justificar revolucionariamente sus sucesivas entregas a los hombres desde que los senos se moldearon mágicamente en su tórax y las membranas de su sexo palpitaron ávidas de húmedas sensaciones.

—Me gusta follar contigo —le decía, besándole en la boca, en la oreja, en la nariz, bajo los naranjos del patio de la universidad, palpando la hinchazón

de su sexo bajo el pantalón tejano—. Pero me gustaría hacerlo con otros. Déjame hacerlo con otros además de contigo. Yo te quiero, pero es reaccionario hacerlo sólo con un tío. Lo dice Willheim Reich.

—¡Al demonio ese Reich! En este aspecto soy un «facha», y tú eres mi chica —y la ceñía por la cintura, la alzaba unos centímetros sobre el suelo, descendiendo sus manos por sus nalgas circulares ceñidas por vaqueros, y violaba su paladar con su lengua—. Te quiero.

—Amar es reaccionario.

—Es igual, te quiero.

El tipo aquél apareció un buen día. La asediaba. Le pedía apuntes, se sentaba a su lado en clase, la devoraba con la mirada, y ella, provocativa, se la devolvía, lo escrutaba con sus grandes ojos verdes y se humedecía los labios.

—¿Ves a ése que está apoyado contra la columna?

Claro que lo veía. Hacía semanas que no le quitaba el ojo de encima, que seguía hasta sus más nimios movimientos, su comportamiento de verdadero perrito faldero con conmiseración.

—Le gusto. Le gusto muchísimo. Porque yo le excito. No para de mirarme. Seguro que está trempado por mí y se masturba pensando que se lo hace conmigo. Y es tan feo, el pobre, que no debe de tener tía para echarle un polvo.

Y ahora el Patito Feo estaba allí, por un capricho de ella, como testigo mudo y excitado de cómo él follaba a la chica de sus fantasías sexuales sobre el suelo de arpillera, y su chica, la pelirroja, retorciéndose de placer, alzando los muslos, apoyando las piernas sobre los hombros de su amante para que él, con su polla, le llegue hasta el cielo de su pequeño coño y la mate de placer. Y a él la idea de tener un mirón mudo de sus ejercicios sexuales no le molestaba, incluso le divertía, nunca había follado en presencia de un observador, y el observador, postrado y excitado, podía incluso transmitirles su sórdido gozo con su tensa presencia y hacer que la calidad de su espectáculo subiera una octava. Habían comenzado desnudándose los tres y bailando abrazados, y él le succionaba los senos mientras acariciaba sus caderas de ánfora mientras el Patito Feo le tanteaba el culo con su verga circuncisa.

—Hazle algo —le susurra él a ella, señalando con los ojos al mudo asistente de su acoplamiento cuya verga hinchada sobresalía de sus muslos—. Está a punto de reventarle la polla.

Y entonces ella alarga los brazos y toma el pene excitado del observador entre sus manos, y lo acaricia con sus dedos humedecidos de saliva, liberando el glande encendido, siguiendo el ritmo del copulador que taladra con entusiasmo su sexo.

Ada, cuando se excita, prorrumpe en obscenidades, y lo que dice tiene la virtud de llevarla hasta el límite de éxtasis. Comienza a delirar, a hablar de la polla que tiene entre los muslos, de la polla que crece entre sus dedos, de los respectivos glandes, su dureza, la tensión que nota en sus troncos por donde la sangre asciende con el violento bombeo preludio de su cercano éxtasis.

—¿Os vais a correr? —pregunta Ada sin dejar de manipular al observador, curvándose con elasticidad de acróbata hasta conseguir montar sus ro-

dillas sobre sus hombros para que la verga que la penetra le llegue a lugares vírgenes de su sexo.

El amante que la taladra contesta afirmativamente sin cesar en su excitante vaivén. El otro cierra los ojos y se tensa retrasando su orgasmo.

—Esperad, aún no. Aguantad, queridos míos. Quiero sentir vuestras dos pollas correrse al mismo tiempo.

Coge la polla del observador y la conduce hasta la superficie blanda de sus senos, y con ellos la acaricia jadeando de placer mientras invita a los machos a culminar su éxtasis sobre ella. El entra diez veces en el pubis de vello rojo, con fuerza, gimiendo, besando su boca y clavando las manos en sus nalgas abiertas, y explota a la undécima embestida, y ella, excitada, abraza con sus senos la polla tensa del Patito Feo que se corre dulcemente, sin violencias, sobre las cálidas turgencias de los senos que la envuelven, humedeciéndolos desde su base hasta los pezones con el néctar de su placer.

—Otro día —le promete al hombre masturbado, arañándole el pecho, bajándole y subiéndole la piel del prepucio hasta que su glande se alivia por completo— te dejaré que entres en el Paraíso, si mi novio te lo consiente.

Desde entonces el Patito Feo había soñado con aquella penetración prometida, y por ello había sido bufón excitado de sus juegos amorosos. Hasta que le llegó el momento.

—Ven —le dijo un día Ada, borracha de sexo, tras desacoplarse de su amante.

Y él entró en ella, y la amó en silencio, hundiéndose en la vorágine de sus muslos mientras el otro, pálido y crispado, salía de la habitación, se vestía y bajaba a la calle para no oírlos.

—Pero, ¿es necesario alquilar un tugurio?

—Absolutamente. Es vital. Después de dar el golpe tenemos que desaparecer por algún tiempo.

El agente de la propiedad les esperaba en su despacho de la calle Provenza. Era un localucho cutre, pobre, tan pobre como la desgarbada corbata que partía por la mitad su camisa amarillenta, como los puños sucios que asomaban por debajo de su chaqueta gastada. Y su mirada, que era aún más sucia que su indumentaria, la envuelve, repasándola, deteniéndose en las piernas, trepando hasta sus muslos y desde allí salta a su blusa desabotonada donde confluyen los senos que se aprietan tanto entre sí que conforman una regata de carne tibia, para clavarse luego, divertido, en su cabellera roja y seguramente preguntarse por el color de su vello púbico. Era de locos embarcarse en una cosa así con una pelirroja, nadie podría olvidarla.

—¿Y bien, señores?

—Hemos llamado antes, por el alquiler del local de la avenida Borbón.

—Bueno. Es un local pequeño, depende del uso que quieran hacer de él; más bien se utiliza como almacén, pero tiene retrete y un pequeño lavabo, y el alquiler es módico. ¿Lo han visto?

—Ya hemos estado antes, gracias.

—Tendrán que abonarme un mes por anticipado, es la norma. Y el alquiler del presente mes. Al marchar les devolveré la fianza que me dejen. ¿De acuerdo?

—De acuerdo.

La mira a ella. Y ella se da cuenta y juguetea

con su lascivia, le sigue el juego con sus ojos, clavándolos directamente en su bragueta, tan descaradamente que su mirada provoca en el A.P.I. una inspección instintiva a su pantalón para cerciorarse de que los botones están abrochados.

—¿Me dejan un carnet?

Duda. No quiere dejar el suyo. Puede pasar cualquier cosa, lo que sea, pero ella le fuerza, le pellizca en el costado, le guía el brazo hasta la cartera, casi lo saca y lo deja en la mesa, junto al contrato que ha ido cumplimentando el A.P.I. con parsimonia utilizando una pluma estilográfica que supura tinta y mancha las yemas de sus dedos.

—Firme aquí —y señala el espacio con el dedo índice, y la mira a ella, la desnuda de pies a cabeza, mientras él estampa la firma.

—¿Sabes qué? —le dice ella luego, cuando abren la puerta del local y se cuelan dentro, frunciendo la nariz ante el olor a humedad que se desprende allí dentro—. Ese tipo cerdo me ha excitado, me ha excitado la forma en que me miraba, seguro que ha comenzado a hacerse una paja en cuanto he salido.

—Era un reprimido. Le hubiera partido la cara.

—¿Por mirarme? ¡Ja! Bueno, ¿qué te parece la pocilga? ¿Bonita?

—Una mierda, una inmensa mierda. Y es oscura.

—¡Si tenemos ventana, si vemos la calle!

—Estamos bajo tierra, sólo vemos los pies de la gente. Es un asco.

—No podemos estar en un palacio.

—¿Cuándo viene Paco?

—Mañana. Creo que llega mañana. ¿Por qué?

Guardan silencio. Oyen pasar los coches, y los

autobuses, el 50 y el 51, que tienen la parada a escasos metros y cambian de marchas al tomar la curva. Y ella se ha sentado en el borde de un colchón infecto al que habría que cubrir con alguna sábana, cruza las manos, mira hacia la ventana, y él ve su perfil, su silueta, la frente lisa, los labios delgados, la línea primorosa del cuello, la curva breve de sus senos marcados bajo el vestido.

—Quieres hacerlo, ¿verdad que sí?

Le parece miserable así, como si le dieran limosna, pero mueve la cabeza, avergonzado, porque la desea y su deseo es superior a su dignidad.

Se desnudan tiritando, porque hace frío en la calle, pero casi hace más frío allí dentro, entre las cuatro paredes moteadas de moho que nunca reciben los rayos del sol; dejan la ropa en el suelo, apelotonada, en una esquina, y se reúnen en el centro de la habitación, donde se abrazan, donde comienzan a besarse.

—¿Aún te acuerdas de cuando te la chupaba?

Asiente con la cabeza y ella se acuclilla, le abraza por los muslos, traga su miembro que se ha hinchado en cuando ha visto sus desnudeces, que se ha endurecido en cuanto ha sentido la morbidez de sus formas restregarse contra su piel, y lo paladea con lentitud acariciándolo con la lengua.

—No te corras aún, no te corras. Aguanta —y le acaricia los testículos suavemente, tirando de ellos mientras el miembro entra y sale por entre sus labios y la melena rojiza y revuelta de ella le roza su estómago—. ¿Emma te lo hacía?

—Sí.

—¿Y le gustaba?

—No.

—Pues, ¿por qué lo hacía?

—Porque me quería, porque se lo pedía yo.

—Yo no soy así, a mí siempre me han gustado las pollas de los hombres. Es una fijación. Hasta cuando era pequeña. Me acuerdo que mi padre me reprendía cuando me llevaba a los museos y yo me pasaba minutos y minutos ante las esculturas de los dioses desnudos, deleitándome con la visión de sus potentes penes de mármol.

Le besa. En el estómago, en las tetillas, una tras otra, en el cuello, en los labios, se pega materialmente a él, se aplasta contra su pecho rozándole con sus pezones erizados, le toma luego el pene con las manos y lo acomoda en su vulva.

—¡Fóllame hoy que puedes! Vamos, muévete.

Y él se mueve, se adentra en el interior de su sexo, sujetándola por las nalgas, imprimiéndole un vaivén cada vez más poderoso que la hace gemir de placer, hasta que se deja ir, y mientras se corre le muerde el cuello, lo succiona con vehemencia, marcándole un rosetón, tan rojo como su pelo, bajo la pequeña oreja.

—¿Me has marcado, imbécil? —grita ella separándose, ajustando entre sus muslos una compresa que saca del bolso mientras cruza la habitación sin apenas mover las nalgas, porque camina con las piernas cerradas, y se mira en el pequeño espejo herrumbroso que cuelga sobre el lavabo—. ¡Serás hijo de puta!

—¿Tanto miedo le tienes? —le pregunta con ironía, mientras se ajusta los calzoncillos a la cintura.

—¿A ti qué te importa, gilipollas?

*

Ellos siguen allí al lado, sin advertirlo. Es lo que menos soporta, que no reparen en su persona, como cuando se acerca a la barra de un bar y pide al camarero una bebida y éste pasa olímpicamente de él. La habitación está medio en penumbras pero él distingue, a través de la cortina que separa ambos ambientes, sus siluetas. El hombre ahora está echado, ve su pelo rizado destacándose sobre la almohada de la cama, el perfil aguileño de su nariz, el fuerte mentón que se prolonga por su cuello, y ella encima de él, moviéndose, subiendo y bajando, flexionando sus piernas, la cabeza echada hacia atrás, la larga melena azotando las nalgas que oscilan sobre la ingle de él, tragando su verga entre sus muslos, componiendo sombras chinescas que son como ilustraciones del *Kama Sutra* animadas. Ve la sombra de las manos de él cruzando el breve espacio que separa ambos cuerpos fundidos en una gran ele, las ve posarse sobre sus senos recortados, deteniéndolos en su baile, inmovilizándolos entre ellas, mientras jadean, jadean, jadean, de forma obsesiva, sin moverse esta vez, tensamente quietos.

Se incorpora y coge la camisa. Se la abrocha mientras los gemidos de ella suben de tono. Se coloca los pantalones mientras oye susurros placenteros y risas breves, y borboteo de besos, y hasta el ruido de los dedos pellizcando las carnes. Se anuda los zapatos. Debería limpiárselos, o comprarse otros, están hechos un verdadero asco, se dice, haciendo un breve paréntesis, y los cordones a punto de romperse. Y esgrime la pistola. La pistola guardada bajo la almohada, la pistola inmaculada, sin estrenar, que no ha disparado un solo tiro. Seis disparos posibles. Seis mensajes de muerte. El contacto frío de la culata contra la palma de su mano derecha le estremece. Entonces todo él comienza a temblar, a tragar saliva, mientras con la punta de la pistola aparta despacio la cortina que separa, como un etéreo biombo, ambas estancias del apartamento.

Ahora los distingue con claridad y sin subterfugios. Hace frío allí dentro, un maldito frío invernal, un frío que se le ha metido en la cabeza, que ha extendido sus gélidos dedos por sus sienes y ha sustituido la médula de sus huesos por témpanos de hielo, pero que no parece afectarles a ellos. Sudan, un aura de vaho envuelve sus cuerpos en movimiento, los empapa, los vuelve pegajosos, hasta fundirlos. Se mueven, se agitan, bañados en la película líquida de su propio esfuerzo que parece lustrarles. Se tocan, se besan, se acarician, ajenos por completo a su presencia, tanto que él teme que no exista, que sea sólo una sombra inasible, y se queda parado, como mudo testigo, con la pistola presa en la mano. El tironea tanto de los pezones de su amante que forzosamente ha de hacerle daño en su vano intento de desprenderlos de sus redondeados senos; ella remueve con tal furia sus nalgas sobre el sexo del hombre que da la sensación que vaya a quebrarlo. Y entonces lo ven. Primero repara ella, que está sobre él, que se detiene, cesa en sus efluvios amorosos y lo mira de hito en hito, como dudando de la veracidad de la imagen que recibe. Y luego es el hombre yacente, que abre los ojos malhumorado porque ha cesado el bailoteo erótico de las suaves nalgas de su amante sobre su vientre, porque sus manos han perdido el contacto de sus senos y su verga lubrificada y encendida pierde el sexo cálido en el que se refugiaba. Calla, callan los dos y lo observan. Y él, a su vez, entre las cortinas, los observa, y los observa también, aunque fríamente, la pistola oscura sin alma.

—Tranquilízate, amigo. Tranquilízate —dice con voz segura, sin temblores excesivos, el hombre yacente, mientras suavemente se saca de encima a la mujer y queda a la vista su verga grande y jugosa, hinchada aún de deseo no exprimido.

La mujer se refugia en una esquina de la cama. Es una cama de sábanas revueltas, que no ha sido hecha en tres días, sobre la que han yacido consecutivamente los dos amantes dejando tras ellos sus surcos de sudores y semen, los signos evidentes de los combates amorosos que han librado sin cesar durante su encierro forzoso. El se incorpora, y en su desnudez está ridículo y vulnerable, con el miembro medio erecto entre sus fuertes muslos cubiertos de vello, con el glande enrojecido y el semen prendido en su punta, como una baba de caracol pendulante, y se aproxima con prudencia al hombre armado que le apunta, que sigue sus movimientos por la habitación con su pistola, sin pestañear, tenso, las venas del cuello hinchadas, la respiración entrecortada.

—No vayas a hacer ninguna tontería. ¿Qué te ocurre? ¿No será por ella? ¿Te pone nervioso que ella y yo hagamos el amor? Di, ¿es eso? Si es así lo sentimos. ¿Verdad que lo sientes, Ada?

Ada mueve la cabeza. Al moverla un mechón

largo de pelo rojo cae sobre su seno izquierdo, sepultándolo, y el derecho entonces, en esos momentos, parece aún más grande y mórbido, centrado en la mitad justa de su tórax, barnizado de sudor propio y ajeno, tembloroso todavía por las caricias.

—Tú y ella habéis acabado. Acabasteis hace un montón de tiempo, ¿No es así? Pues entonces, ¿a qué se debe todo esto? No lo entiendo, de veras, no te entiendo.

—Estoy cansado de permanecer todo el día aquí, encerrado —desgrana con lentitud el hombre armado con la pistola, sin dejar de apuntarle en mitad de la frente—, oyéndoos, a ti y a esa perra, joder todo el santo día.

—Perdona, chico, no sabíamos que te íbamos a enfurecer tanto. Guarda la pistola. No hagas tonterías. ¿Para qué vamos a estropearlo todo?

—No te acerques más. Te voy a matar. Y a ella, también a ella.

El aire se detiene. El silencio empapa la atmósfera de la habitación. Ada cierra los ojos, gime, aunque esta vez no de placer sino de miedo, mientras el hombre armado acaricia el gatillo de su pistola y apunta cuidadosamente a la cabeza del hombre desnudo, inerme, del que sólo le separa un metro escaso, cuya sangre le salpicará en el pecho en cuanto la bala salga del cañón y se incruste en su frente.

—Está bien. Mátame. Y luego la matas a ella. Y luego te pegas un tiro. Y lo hechas todo a perder por una gilipollez así. —El hombre desnudo está hablando con mucha flema, sin que le tiemble la voz, sin que le tiemble el pulso de su mano acusadora y extendida hacia su posible verdugo—. Pero acaba ya, si has de disparar acaba pronto.

Entonces es el hombre armado quien suda, a quien el pulso le tiembla, contra su voluntad, mientras la pistola, en su mano, comienza a pesarle enormemente, y el cañón del arma deja de apuntar la frente del hombre desnudo para inclinarse hacia el suelo.

—Será mejor que nos separemos —dice el hombre desnudo, dándole la espalda de forma ostentosa, tomando sus calzoncillos del respaldo de la silla donde los ha dejado al entrar en la cama, ajustándoselos—. Coge tu parte y vete.

—Sí, será mejor —reafirma con un hilo de voz el hombre armado, que guarda la pistola entre el pantalón y la camisa estremeciéndose por el frío contacto del cañón y de la culata nacarada en la piel de su vientre.

Antes de marchar se gira. Con la mano yerta en el pomo, con un suspiro en la boca, barba de tres días, la ropa sucia oliendo a sudor. Huele mal, huele mal, se daría una gran ducha nada más llegar. ¿A dónde? Casa-hogar-hotel. Ella no le mira, ella está quieta, tan quieta en el extremo de la cama que parece mentira sea la misma que saltaba gozosa y enloquecida sobre el sexo erecto del hombre, penetrándose con él a placer. La desea, la ama, la desprecia, quisiera matarla muy lentamente mientras la va estrangulando, quitándole la vida e insuflándole otra vida entre las piernas, llenándola de ella. Ahora está llena de otro, hoy, ayer, anteayer; el otro la ha mancillado, a su chica, y en esos momentos él no es más que un gran cabrón de mierda que huye con la pistola envainada, sin valor siquiera para volarles la cabeza a ellos dos y volársela luego él a continuación. Y ella lo mira, finalmente le mira, quizá lo haga por indicación del otro, que subterráneamente le ha hecho una seña para que lo complazca y le devuelva la mirada y así hacerle salir de una puñetera vez de la habitación. Es una mirada dulce, es una mirada tierna, húmeda, y él se humedece de deseo cerrando la puerta al salir con brusquedad, mientras arrastra sus gastados zapatos por el sótano, asciende el tramo de escaleras y emerge a la silenciosa oscuridad de la noche su cuerpo pesado y torpe.

Traga saliva, y la saliva condensa el sabor acre de su garganta.

valor siquiera para volarles la cabeza a ellos y volarse la tapa luego a continuación. Y ella lo mira finalmente [illegible] quien lo [illegible] por la seducción del otro, que sabe [illegible] le ha hecho muy feliz para que lo complazca y le devuelve la mirada y [illegible] de una primera vez de la habitación. Es una [illegible], es una entrada tierna, húmeda, y él se humedece de deseo cerrando la puerta al salir con brusquedad [illegible] arrastra sus gastados zapatos por el sótano, asciende el tramo de escalera, se entrega a la silenciosa oscuridad de la noche su cuerpo pesado y torpe.

Traga saliva, y la saliva condensa el sabor acre de su corazón.

El coleccionista de senos

Madame Rosa le ha indicado que el cliente en cuestión vive en una torre de la Vía Augusta, pasado el Cinturón de Ronda, a escasos metros de donde empieza el barrio de Sarriá, y la casa está allí, sobresaliendo por entre la bruma espesa de la noche, rodeada por la verja rematada de afiladas puntas, tras un jardín umbrío de árboles románticos que se mecen con suave murmullo a los acordes del viento. Todo en ella es antiguo: la fachada desconchada, el tejado parco en tejas, la herrumbre que comienza a hacer mella en la verja que rodea la casa. Su inquilino, a juzgar por las apariencias externas de su cubículo, parece ser un rico venido a menos, que un buen día recibirá una excelente oferta y venderá su vivienda cargada de historia a una voraz inmobiliaria.

—Es un hombre exquisitamente educado —le ha dicho Madame Rosa—. ¿Que a qué se dedica? Negocios, tiene acciones en algunas importantes industrias textiles que aún no han ardido, de la Seda del Prat, es un consejero, y buen cliente, te lo aseguro, pequeña, un cliente generoso. Le gustan las jovencitas, trata de ser dulce y complaciente con él.

Sofía aguarda ante la puerta del jardín. Ha pulsado dos veces el timbre y espera temblando de frío mientras el cielo se abre y una lluvia menuda, preludio de aguanieve, se abate sobre su cazadora de cuero. Consulta un instante su reloj de pulsera. Las doce y media. Y vuelve a llamar, escuchando cómo el eco del timbre se esparce por el interior de la casa perdiéndose hasta los últimos recovecos.

—¿Quién?

Es una voz suave, bien modulada, la que le habla a través del interfono que hay junto al timbre de llamada.

—Soy Sofía, vengo de parte de Madame Rosa.

—Está bien, entra.

La puerta metálica se estremece un instante mecánicamente y Sofía la empuja, pasa, avanza y la oye cerrarse a sus espaldas. Cruza el jardín en medio de la más absoluta penumbra y encamina sus pasos apresurados hacia la casa iluminada que se alza al fondo. Flota en el ambiente el olor enrarecido y dulzón de las flores marchitas y de la hojarasca putrefacta que no ha sido retirada de los parterres por los jardineros. El corazón se le encoge cuando siente la presencia de algo indefinido que se acerca jadeando, desplazando con violencia el aire húmedo de lluvia, con rapidez, levantando polvo del camino de grava.

—No te asustes. Es Goliat, ¡Goliat, aquí!

Goliat la sobrepasa al galope, rozando con su lomo sus caderas, gira en redondo en torno a ella y se avalanza alegremente contra la figura que acaba de recortarse en el vano iluminado de la entrada principal. Cuando Sofía se aproxima advierte las verdaderas dimensiones del can. Es un magnífico ejemplar de dogo alemán, de piel negra tan bruñida como la de un caballo de carreras al que estuvieran cepillando constantemente, y belfo caído por donde asoman afiladísimos caninos tan puntiagudos como cuchillos.

—Vete, Goliat. Vamos, márchate.

El perro salta de sopetón los cuatro escalones de la entrada y desaparece hollando la gravilla por el jardín. Sofía sube la escalera y se acerca a su anfitrión. La sonrisa del hombre es agradable y untuosa mientras la invita a pasar.

Por un momento ha temido, en cuanto ha visto a Goliat, que su cita fuera para hacerlo con un perro. Ya lo intentaron otros, pero ella se negó. No le gustaban los animales, al menos de una manera tan íntima, y los perros la atemorizaban. Un pervertido había insistido para que se lo montara con su perro, un alsaciano de largas crines, y la bestia se le echaba encima a una orden de su amo, la olisqueaba, la humedecía con su lengua mientras la miraba con lubricidad y se empalmaba. No quiso hacerlo ni por todo el dinero del mundo; había parcelas del sexo a las que todavía no quería llegar, que continuaban siendo tabúes, y había oído muchas historias patéticas y risibles de mujeres que habían sido hospitalizadas con el perro hincado entre los muslos, habían contraído extrañas enfermedades venéreas después de hacerlo con algún animal, o sufrido desgarros en la vagina por culpa de las vergas de las bestias con las que habían estado copulando.

—Perdona, pero no está demasiado arreglado, la asistenta hace dos días que no viene —se excusa, aposentando con seguridad la mano derecha sobre la cadera de ella, contorneándola hasta el muslo mientras cierra la puerta de golpe, y empujándola hacia una escalera de madera cuyos peldaños crujen de forma siniestra a medida que suben por ellos.

No ve la casa en su totalidad, pero puede imaginarla. Grande, fría, destartalada, vacía de muebles que se han ido vendiendo dejando hueras una tras otra las estancias de la mansión, con una gran cocina de mármoles helados y potes antiguos y cubiertos de polvo por el desuso, con muchos e inútiles cuartos de baño con la loza cubierta por la herrumbe y las cañerías saturadas de óxido. Y seguro que detrás de las puertas cerradas que ve sólo hay habitaciones vacías, con ventanales cerrados sin cortinas, paredes desnudas, adornadas con telarañas tejidas durante muchos años de olvido.

—No te conocía —sigue hablando mientras la observa con detenimiento y, al parecer, con agrado—. Eres bonita —acaba afirmando tras el reconocimiento visual de urgencia—. Sí, me gustas. Casi diría que eres de las más bonitas que han estado aquí.

—Lo celebro.

Están en el dormitorio. Es una estancia amplia con una balconada que asoma al jardín, cerrada por cortinas espesas de terciopelo rojo y, frente a la cama gigantesca y elevada, cubierta con dosel, hay una chimenea en donde chisporrotea el fuego recién encendido. El anfitrión descuelga el atizador, remueve las brasas, tira un nuevo leño y deja la herramienta de hierro en su sitio.

—¿Una copa?

Sofía afirma con la cabeza mientras deja el bolso sobre el cubrecama granate bordado de oro.

—Siéntate, ponte cómoda.

Sofía se desembaraza de la cazadora, se sienta en el borde de la cama y cruza las piernas. Mira indolentemente el crepitar del fuego en la cercana chimenea. El anfitrión se aproxima con una copa de whisky en la mano, que le alarga, y se sienta a su lado.

—¿No bebes? —pregunta ella con extrañeza mientras besa el contenido del vaso y lo aspira a pequeños sorbos.

—No me apetece. ¿Te importaría tratarme de usted?

—Por supuesto que no.

Sí le importa. No le gusta. No le gusta el tipo y presiente que Madame Rosa le ha preparado una encerrona. No se encuentra cómoda en la casa. Demasiado grande, demasiado vacía, un perro inmenso y negro como un diablo guardando la propiedad y un tipo al que no le gusta el whisky y la desnuda con la mirada mientras ella bebe. Trata de observarlo cuidadosamente, de soslayo, sin que lo advierta. Cincuenta años quizá, grueso, no tanto como en un principio pueda parecer a causa del ridículo batín a cuadros que lo envuelve, perfumado de forma obsesiva, colonia cara y anticuada, que ya no se fabrica, exquisitamente rasurado —es de los que se afeitan un par de veces al día porque tienen la barba dura y cerrada—, y atildado a juzgar por lo recortado del bigote bajo su nariz gruesa, bigote que la separa con su trazo negro y firme de la boca floja y sinuosamente ancha que ha de forzar para mantener cerrada, y dentro de la boca grandes dientes, afilados como los del negro cancerbero que guarda su jardín, encías rojas como en carne viva, saliva untuosa destilando de ellas. Asco. Se estremece de asco mientras siente su gruesa mano caer pesadamente sobre su cabeza, acariciarla, palpar su coronilla y luego descender por su cuello y juguetear con su columna vertebral en el inicio de su espalda.

—¿Qué quiere que hagamos? —pregunta con brusquedad apurando el vaso de whisky. Se muerde la lengua al acabar de hablar, teme que haya dejado traslucir sus ganas de terminar lo antes posible y salir de allí. No le gusta nada aquello, no le gusta la casa, el perro, el cliente afectado que evoluciona ante ella acariciándose las manos de forma obsesiva, sin saber dónde colocarlas.

—¿No te ha hablado Madame Rosa? —Vuelve con brusquedad sus manos a los bolsillos del batín, se levanta de la cama y pasea lanzando miradas al fuego que crepita en la chimenea—. ¿Cómo te llamas?

—¿Cómo tengo que llamarme?

—No, en serio, tu nombre. Me lo has dicho antes, pero ya no me acuerdo.

—Sofía.

—Precioso. Bien, Sofie. Me gusta más Sofie. ¿De acuerdo?

—De acuerdo.

—Bien, Sofie, quiero ver tus senos —dice bruscamente, volviéndose hacia ella.

Se levanta. Comienza a desnudarse. Hace el gesto de bajar la cremallera de su falda de cuero. El anfitrión la detiene.

—No, por favor, no te desnudes. Sólo he dicho

que quiero ver tus senos, es lo único que me interesa de tu anatomía, de la anatomía de las chicas.

Sofía obedece. Se desabrocha, botón a botón, con lentitud estudiada, la blusa, la abre, se la quita, la arroja encima de la cama, luego pulsa el cierre del sujetador y libera sus pechos que parecen moverse en aquel preciso instante de forma autónoma a su cuerpo antes de quedar estáticos y hermosos, como varados en medio de su tórax. Permanece así, quieta, en el centro de la estancia, mientras el cliente, tras observarla, se aproxima, y, murmurando «¡Qué bellos son, qué bellos son!», extiende las palmas carnosas de sus manos, adornadas por infinidad de gruesos anillos de oro y piedras preciosas, y los palpa con suavidad, cobijándolos en los huecos de sus manos que los envuelven ahora como si fueran sujetadores de carne. Sofía, mientras dura la caricia, duda sobre qué actitud adoptar: si placentera, adulando la maestría con que aquellas manos velludas amasan sus carnes, o por el contrario indiferente, excitándolo con su frialdad.

—Vas a ganar mucho dinero, mi pequeña Sofie —dice de pronto el anfitrión separándose de ella y dándole la espalda. Hurga en sus bolsillos y extrae un cigarro habano que prende con una pavesa de la chimenea. Se vuelve envuelto en humo y mordisquea con fruición la punta del cigarro mientras con las palmas de las manos se mesa el escaso cabello que cubre su cabeza—. Y lo vas a ganar gracias a tus preciosos senos. Llevo toda la semana viendo senos de mujeres, y son tan variados como sus rostros. No hay un seno igual a otro, difieren los colores, las texturas, las formas. Hay seno de pera, hay seno-globo, hay seno apepinado, hay seno caído, seno joven pero que se vence por su peso, hay seno que queda mejor envuelto en el sujetador, hay seno que todo él es un inmenso pezón, hay seno surcado por venillas azules que se hinchan, hay senos endurecidos por la leche materna, hay senos increíblemente blandos, hay senos cuyo color pálido se confunde con el del pezón también desleído, hay senos que nacen en mitad del tórax, o incluso más abajo, hay senos arrugados y delgados que cuelgan como pellejos, hay senos triangulares; y no digamos en los sabores, pues los hay que saben a fruta fresca, que saben a carne sin más, que guardan la fragancia de los perfumes que los inundan, y no es igual el sabor de un seno mórbido al de un rugoso pezón, estos últimos son más dulces. Los senos son los frutos de las mujeres, tienen su despertar en la adolescencia, cuando son delicados botones apuntando en los pechos lisos de las niñas, luego se desarrollan y adquieren una sensual madurez con el paso de los años y terminan ajándose sin remedio. Y tú —dice mirándola fijamente— tienes pechos redondeados, suaves, cubiertos de pecas, y tus sonrosados pezones son preciosos, la proporción y la textura precisas en el centro de sus areolas.

Sofía no entiende de momento las razones de la disertación del coleccionista de senos. Espera ansiosa los acontecimientos. No le fascinan en especial los caprichosos, los *voyeurs* y demás tipos que disfrutan del placer sexual sin tomar parte activa en él. Prefiere un vulgar semental, de los que se corren con sólo aposentarse sobre sus muslos, los que buscan la elemental penetración, a ese rebuscado depravado cuyas intenciones no acaba de discernir.

—Necesito tus senos —dice con voz monocorde, tranquila, mientras una aspiración profunda vuelve incandescente la punta de su cigarro—. Tus pezones, me vas a ofrecer tus pezones. Cincuenta mil por cada uno de ellos. Total, cien mil. Vale la pena ¿no? —Se sienta en un escritorio que hay junto a la puerta del dormitorio, sin dejar de fumar, y garabatea cifras y letras con una pluma sobre un cheque que arranca del talonario una vez cumplimentado—. Tuyo —le dice alargándoselo.

Sofía comprueba la cantidad. Está muy claro. En números y en letras, figuran cien mil y bajo la fecha hay una firma ilegible rodeada por una rúbrica espiralada que parece no terminar nunca. Lo dobla, lo guarda en el bolso y por primera vez sonríe y otorga a su rostro de facciones duras un aspecto agradable y risueño de mujer dispuesta a todo.

—¿Qué quiere que haga, mi amo?

—Bien, bien, veo que has entendido. Hay que dejar las cosas claras. Tu amo. Exacto. —Habla de forma apresurada, excitándose a medida que vomita las palabras por su boca untuosa, caminando sobre sus propios pasos, mirándola ya como una posesión irrenunciable, como uno de aquellos vetustos y oscuros cuadros que cuelgan de las paredes del dormitorio—. No te preocupes. Lo haremos rápido. Dolor y placer. ¿De acuerdo? Tengo pomada, te pondré pomada, la extenderé sobre tus pezones lastimados. Pero primero dolor, primero mucho dolor. Está bien pagado, cien mil es un buen precio. Túmbate, sierva.

Sofía duda. No es la primera vez. Pero nunca ha permitido que le quemen los senos, le horroriza la idea. Las nalgas sí, las nalgas se las han azotado, en sus nalgas se han apagado cigarrillos encendidos y las han atravesado con agujas al rojo vivo, pero los senos no, los senos sólo se los han golpeado, pellizcado, mordido, pero quemado nunca. Se tumba en la cama mientras el anfitrión, precedido por la punta del cigarro incandescente, va hacia ella, excitado, el pene pugnando por abrir el batín y rociarla de esperma mientras le chamusquee los pezones.

Lo tiene muy cerca y nota su excitado resuello pegado a su cuello. Casi siente el calor del cigarro. Y entonces se revuelve, rueda por la cama escabulléndose de sus brazos que van a aprisionarla y aterriza en el otro extremo del lecho.

—No, no quiero. Le devolveré su dinero.

Ya no hay sonrisa untuosa en el rostro, ni amabilidad en los modales. El anfitrión se muestra brutal mientras se incorpora de la cama, donde ha caído por el impulso; se alza de nuevo sobre sus gruesas piernas, como un tentetieso, y amenaza.

—Es tarde, Sofie. Hemos firmado el trato. Yo ya no quiero tu dinero. Es como si tuviéramos un contrato tú y yo. Tú sabías a lo que venías aquí, zorrilla, así que no intentes resistirte. Madame Rosa os tiene al corriente a todas. No seas mentirosa. Cuando te estés muriendo de dolor comenzaré a follarte, comenzaré a follar ese redondo culito que guardas bajo la faldita y te untaré los pezones lastimados con la pomada de mi esperma —ruge con voz sorda—. Te quiero a ti, ¿me oyes?

Lo tiene enfrente. La arrincona. No deja de fumar, de aspirar el humo y de mostrar amenazador la punta del cigarro roja y crepitante como el fuego de la chimenea. Ella se siente desfallecer y ya nota su carne quemándose, el repulsivo olor de sus pezones arrugándose bajo la incandescencia de la colilla. Chilla de dolor al primer contacto, cuando el anfitrión trata de apoyar suavemente la punta del habano contra su areola izquierda, y le golpea por instinto entre las piernas con la rodilla, lo que provoca en el hombre un mugido y unos instantes de aturdimiento, y en ese interregno Sofía se escabulle pasando entre su corpachón y las cortinas cerradas del balcón.

—¡Puta! —ruge, volviendo en sí, guardando definitivamente los buenos modales.

Sofía siente el aliento del hombre a su espalda y la pesada mano libre, la que no sostiene el cigarro, cayendo con fuerza sobre su cuello. No puede desasirse y el cigarro ya le quema la espalda, le hace aullar de dolor. Entonces coge el atizador, al que llega estirando la diestra con un supremo esfuerzo, se vuelve y le golpea con él en la cara, una y otra vez, haciéndolo retroceder, y cuanto más le golpea, más grita el anfitrión, y en uno de los golpes le aplasta el cigarro contra los labios, y el hombre se cubre la cabeza con las manos mientras cae al suelo y allí se revuelve, implorante, escupiendo sangre por la boca, párpados y sienes, pero ya es demasiado tarde, y Sofía se da cuenta de ello, de que nada ni nadie va a detenerla, y hasta compara lo que ocurre con un orgasmo, que cuando se inicia resulta ya imparable y definitivo. Grita ella, grita él, grita más fuerte ella mientras le hunde el atizador entre las costillas, con increíble fuerza, apoyando sobre él todo su cuerpo, y el hierro de avivar el fuego se convierte en una puntiaguda lanza atravesando sus capas de grasa, que destroza su corazón a su paso y deja su cuerpo clavado contra el suelo de madera, y allí permanece, agitándose unos instantes, inmovilizándose luego definitivamente, como un gran lepidóptero en la caja de un coleccionista. El batín se ha abierto durante la lucha, y el cuerpo blando y fofo sangra y eyacula al mismo tiempo, y sus humores se mezclan a su alrededor, sobre el suelo. Sofía aparta la mirada con asco y se acerca a la chimenea a vomitar. En el jardín el dogo Goliat aúlla.

Noche en la pensión

El anciano dormita con la cabeza apoyada contra el mostrador. Es un viejo sucio de cara hinchada por el alcohol y, al alcance de su mano, entreabierta, tiene una sobada revista pornográfica con una foto de una rubia nórdica a la que un par de individuos peludos y con bigote, los prototipos de maricas de gimnasio que miman sus músculos con pesas y los exhiben en competición ante los espejos, acceden a su cuerpo simultáneamente por su boca y su ano. La boca del anciano abotargado por la bebida resopla sobre el mostrador, y el mostrador no es un dechado de limpieza, el mostrador es tan sucio como el anciano que babea sobre él. Por el mostrador se pasea una pequeña cucaracha rubia. La cucaracha palpa con sus antenas los bordes renegridos de la camisa del durmiente antes de decidirse a explorar las interioridades de su cuerpo amodorrado, de cruzar el límite del cuello de su camisa y osar entrar en la selva de pelos canos que deben de cubrir su torso. El durmiente se estremece a mitad de un ronquido, parece ahogarse con su propia saliva espesa, traga y continúa su sueño. Entonces es cuando entra el hombre de la calle, empujando la puerta abierta que se estremece sobre el batiente, aterido de frío, con el pelo mojado, una maleta pequeña en la mano, una chaqueta de pana negra holgada sobre los hombros, remendada en los codos, aspecto de llevar tres largas noches en vela, barba renegrida que debe de pinchar como púas contra la mejilla de cualquier mujer a la que intentara besar, y se planta ante el durmiente, dejando su equipaje en el suelo, carraspeando flojo, fuerte al ver que no ha tenido éxito, y el portero de noche de la pensión sigue en su limbo, hasta que lo despierta con sus toses y sus sucesivos carraspeos.

—¡Caramba!... ¡Vaya horas!... Buenas noches.

—Buenas. Una habitación para esta noche.

El recepcionista se incorpora, mira al recién llegado de arriba abajo, se vuelve hacia el llavero del que cuelgan casi todas las llaves de las habitaciones, mira de nuevo al huésped.

—Las habitaciones no tienen baño, sólo lavabo. No sé si le va a interesar —advierte, tratando de desanimarle.

—Ya me va bien.

—El retrete está al final del pasillo —continúa—. El papel lo ha de poner usted. No se admiten mujeres profesionales, ni de las otras. Esta es una casa seria. Las furcias van al antro de al lado. Son normas de la casa, hijo. Por cierto, si quiere puedo conseguirle una negrita, una jamaicana muy linda, nada mejor que una negrita para sacarse esta maldita humedad de encima, ¿no cree? Es como una pantera negra, tiene el culo satinado.

—Muy bien. Deme la habitación —ruge impaciente el recién llegado.

—Son setecientas pesetas por noche, y por adelantado. ¿Cuántas noches piensa quedarse?

—Una, sólo hoy.

—¿De paso? ¿No es usted de Barcelona?

No contesta, repiquetea impaciente con los dedos de su diestra sobre el mostrador.

El anciano portero de noche se mesa los cabellos blancos, la caspa cae como una lluvia de nieve sobre las hombreras de su camisa grisácea, bosteza tratando de ahuyentar su sueño.

—Hace quince años que estoy en esta maldita y maravillosa ciudad, y ¡joder!, creo que me he acostumbrado a ella. Soy hombre de mar, no sabría vivir sin sentir el mar cerca. El mar lo siento en los huesos, hasta lo oigo por las noches.

El huésped continúa mudo sin dar pie a que la conversación se prolongue.

—Está bien, firme aquí, y muéstreme su documento.

Estampa la firma, con la izquierda. Le alarga el documento. Roberto Colomer Díaz, pone. Y una foto que le muestra con un aspecto mucho más agradable, mucho más joven, afeitado y hasta con corbata. El recepcionista toma nota del carnet de identidad y le entrega una llave.

—En el segundo piso; y no haga ruido, la gente duerme. Hay un sudaca que tiene muy malas pulgas cuando alguien le importuna por las noches, no es trigo limpio, seguro que no, y hay una pareja de marroquíes que no me hacen tampoco ninguna gracia. No soy racista, no, joder, no lo soy, no se lo piense, me gustan las sudamericanas, y las moras cuando son jóvenes, pero esos tipos tienen aspecto de llevar enormes navajas junto a sus huevos, se lo juro. Uno tiene una cicatriz junto al ojo, una cicatriz que me da miedo mirar cada vez que tengo que entregarle la llave.

El hombre coge la maleta con la diestra, la llave con la izquierda, y asciende por la estrecha y retorcida escalera que se abre al fondo. Un piso, otro piso, el descansillo, el pasillo, va tanteando las puertas hasta que llega a la de su habitación, sobre la que pende un número metálico, clavado sobre la madera, que coincide con el de la llave que esgrime su mano. Y entra.

Lo primero que hace, antes incluso de cerrar la puerta, es abrir la ventana, porque le repugna el olor que fermenta allí dentro, un hedor a cuerpos sudados, a ropa sucia, a fluidos humanos. Y entonces es el aire denso y húmedo de la ciudad el que penetra de una bocanada, llevándose como una exhalación el aire enrarecido que flota en el dormitorio. Y luego cierra la puerta, prueba la cama, comprueba su comodidad, el buen estado de sus muelles pese a su reducida anchura, se levanta, observa con desagrado la bombilla que cuelga del techo arropada con una pantalla de papel amarillento que vierte su luz entristecida por la habitación, se mira en el espejo que hay en una de las paredes, sobre un lavabo de loza manchada, se pasa la mano por la barba rasposa, vuelve a la maleta, la guarda bajo la cama, la saca, la pone encima de la cama, la mira, hurga en el bolsillo de su americana de pana, saca un paquete de cigarrillos, luego un cigarro, lo prende, fuma, contempla las volutas de humo ascendiendo hasta el techo desconchado de la habitación, envolviendo la sucia y opaca bombilla, y a mitad del cigarro da una calada más profunda, tan profunda que la ceniza se multiplica por dos en su punta, y lo lanza en medio de la habitación, disparándolo entre el pulgar y el índice, y allí, en el suelo, queda la colilla humeante mientras él se desazona, se mesa los cabellos con los dedos delgados de sus manos amarillentas, de con los dedos manchados de nicotina, suspirando, bramando por dentro, se aplasta las sienes con fuerza, hasta hacerse daño, se mete la mano en el pantalón, saca su pistola, la pistola con sus seis mensajes de muerte escritos en su alma, la pistola virgen, a la que mira, acariciando sus cachas, se estremece sintiendo el frío cañón en el pecho, atravesándole la camisa, y luego, el cañón subiendo lentamente por su cuerpo, como el dedo de una mujer, hasta el cuello, la barbilla, deteniéndose en la boca, en sus labios, chupándolo. Le gusta el sabor del metal. Le ha gustado siempre. De pequeño solía chupar las tijeras de costura de su madre, los alfileres, hasta el bolígrafo que le había regalado su padre cuando hizo la Primera Comunión. Le gusta el sabor del metal porque le refresca el paladar. Abre los labios mientras muy lentamente introduce el cañón de la pistola en su boca, mientras lo hunde traspasando la doble barrera de sus dientes, que son como un himen duro que se resiste a ser desvirgado. Le duelen los dientes, le duelen las encías, debería ir al dentista, ¿por qué no fue al dentista? Y luego el dedo acariciando el gatillo, presionándolo ligeramente mientras cierra los ojos, todo él crispándose.

*

Lo vió caer de bruces. No lo entendió y se quedó muy quieto, atónito, sin saber qué demonios hacer ni qué demonios estaba sucediendo. Sólo veía a un hombre en el suelo, que se estremecía por los espasmos, que vomitaba sangre y se ahogaba en ella con los ojos desorbitados. No esperaba eso. Paco le había dicho que no habría sangre, que nada de violencia, que el golpe era seguro, que sería un paseo. Y entonces se produjo el disparo, o los disparos, porque ya no recordaba cuántos habían sido, y el cajero, un hombre joven, ligeramente calvo, cayó de bruces, se partió la crisma contra el mostrador y quedó tendido luego cuan largo era en el suelo del búnker mientras se desangraba lentamente sobre la moqueta verde. No supo qué hacer, quedó inmóvil, sintiendo fija sobre sí la mirada petrificada de la víctima, hasta que Paco tiró de él; salieron a la calle, y antes de entrar en el coche se deshicieron de los pasamontañas. Ada puso el motor en marcha en cuanto subieron y el automóvil arrancó a toda velocidad.

—¿Por qué lo has matado, hijo de puta?

—Tenía que hacerlo. ¿Crees que me divierte matar a alguien? Claro que no, no soy ningún sádico. Pero tenía que hacerlo. Sabía mucho, sabía todo, y era peligroso dejarlo vivo. El o nosotros, y por supuesto él. Y lo he matado yo, o sea que tranquilo, no te atormentes, esa muerte pesa sobre mí, sólo sobre mí, y si nos cogen no voy a implicaros a vosotros dos.

—Hijo de puta, hijo de puta, hijo de puta.

Ahora no puede hacer bien el amor con ella, no consigue la erección y se desespera bramando sobre su sexo, chupándolo, chupando las puntas de sus senos, adentrando sus manos en su vulva húmeda y elástica que se cierra en torno a ellas.

—Tranquilo, tranquilo, hazlo tranquilamente y saldrá bien.

—No puedo —gime.

—¿No te gusto? Apresúrate, hazlo antes de que venga. No creo que tarde mucho Paco.

—Paco es un hijo de puta. ¿Viste cómo lo mató?

—Paco hizo bien en matarlo. Paco sabía lo que tenía que hacer.

Le pellizca los senos con rabia. Ella se revuelve y le intenta golpear en la cara. El la muerde en el cuello, en la boca, consigue finalmente cruzar con su verga la puerta de su vulva y comenzar a taladrarla con auténtica rabia. Ella entonces se abandona, se relaja, sus muslos se separan, mueve su sexo, multiplicando el ritmo de sus embestidas, y ruge de forma sincopada: «Fóllame, fóllame, empápame toda». Se vierte gritando, se vierte en su interior llorando y, mientras todo él se vacía en su vientre, la presión de las manos sobre sus senos se hace insoportable.

—Me estás haciendo daño —gime ella estremeciéndose aún, agitando su pelvis contra la verga menguante del hombre que aún descansa en el interior de su sexo.

—Te lo mereces. Eres una puta. Eres una hija de puta. Eres tan perra como él.

—Todos somos perros. No te excluyas. Tú no eres mejor. Y a ti te gusta joder con esta perra.

—Eres despreciable.

—Me gusta que me insultes, me gusta incluso que me lastimes mientras te siento dentro, taladrándome y llenándome de esperma.

Se levanta ella. Le abandona con el sexo vencido y húmedo que cabalga sobre su muslo. Cruza la habitación. Tiene las nalgas deliciosamente redondas, la espalda punteada de pecas, el cabello rojo se agita por encima de sus hombros. Y la ve entrar en el cuarto, aproximar su sexo al lavabo y mojarlo con agua, jabón, frotarlo a continuación, enjuagarlo, una vez limpio orinar de pie, sin sentarse sobre el retrete, mientras se apoya con ambas manos en la pared y abre las piernas formando un arco sobre la taza del water.

—¿Harás el amor con Paco cuando regrese?

Está de pie, a contraluz, se peina la melena con las manos, se rasca un seno, una nalga a continuación, no ve su rostro cuando le confirma:

—Por supuesto. ¿Qué te hace pensar que no iba a hacerlo? ¿Porque he follado contigo? Me gusta follar contigo, pero me gusta más follar con Paco, su polla aguanta más tiempo sin correrse, es distinta a la tuya, quizá no sea tan dura, pero está más tiempo, y, sobre todo, él es el jefe.

Entonces entra el jefe. No lo han oído, sólo lo ven cuando ya ha abierto la puerta y se adentra en la estancia con una gran bolsa de comida bajo el brazo. Enciende la luz y mira a Ada, que continúa desnuda, como si tal cosa, y luego a Roberto, que se ha cubierto con las sábanas y permanece tenso y violento debajo de ellas.

—¿Has follado con él?

Ada asiente con la cabeza.

—¿Folla bien?

—Tú follas mejor.

—Me gusta oír eso, encanto —deja la bolsa en el suelo, rodea con sus brazos la cintura de la mujer y la besa en la boca—. Te voy a dar por culo, pequeña. Te voy a meter la polla en el culo y vas a saltar como la gran puta que eres.

Y cogiéndola por la cabellera la lleva hasta la cama que hay al otro lado de la cortina que separa los dos ambientes de la estancia. Roberto se levanta, se viste y sale a la calle.

—Ven dentro de media hora, cuando haya terminado con ella —oye que Paco le dice.

Y escucha la risa de Ada cuando cierra la puerta de golpe.

*

Siente el cañón de la pistola tan profundamente metido que va a vomitar. Y entonces lo saca. Y, efectivamente, vomita. Vomita en el suelo bilis babosa, su estómago se estremece dolorido mientras escupe su contenido de nada. Nada en su cuerpo, nada en su alma. Siente frío. Deja la pistola sobre la colcha de la cama. Y coge la maleta. Y la abre. Y mira su interior un poco estúpidamente, palpando los fajos de billetes de cinco mil, contándolos mentalmente, una y otra vez, hasta cerciorarse de que tiene diez, diez millones y una vida sin futuro por delante.

—Ada —gime—. Ada —repite, acariciando la colcha vacía y áspera, imaginando su cuerpo desnudo y oferente, sus nalgas deliciosas, sus muslos abiertos.

Entonces oye un ruido tras la pared que está a su izquierda, un ruido que crece, como un gemido, seguido de un crepitar de muelles de cama, dos gemidos entonces que convergen, que ascienden, risas, gritos, gemidos, ruidos de muelles, gemidos, gemidos. Y no puede más, cruza la habitación, golpea con fuerza la pared con la palma de la mano abierta.

—¡Silencio, joder! ¡Silencio! —reclama.

No hacen caso. Continúan con redobladas fuerzas, hasta que rompen los muelles de la cama, entonces los oye rodar por el suelo y los mugidos poco a poco disminuyen hasta cesar por completo.

Roberto enciende otro cigarrillo mientras se echa de nuevo sobre la cama. Coloca su brazo bajo la nuca, a modo de almohada, y fuma. No tiene sueño. En el silencio repentino que reina oye el repicar de la lluvia contra el cristal de la ventana. Se estremece de frío. Recuerda el ofrecimiento del recepcionista nocturno. Se calienta imaginando a la jamaicana, cimbreando su cuerpo de ébano como una caña en medio de la habitación, paseándole los senos por sus labios, montando sus nalgas sobre su pene, tragándolo luego con sus gruesos labios y estimulándole con la lengua el frenillo hasta que su glande revienta en la garganta que la acoge y la lefa blanca contrasta en las comisuras de su boca pigmentada de melanina.

Encuentro Sade-Masoch

—¿Cómo te llamas?

Y ella contesta:

—Sade.

Ríe nervioso y pasea a su alrededor. El apartamento huele a cerrado y la estufa malcalienta el ambiente. La lluvia persistente puntea el cristal de la ventana y vela el tráfico nocturno de la calle Muntaner. El televisor emite una película de Roger Corman y en ella Vincent Price, príncipe del Renacimiento italiano asediado por la peste en su castillo, asiste complacido a la lenta agonía entre las llamas de su amigo disfrazado de mono en manos de un cruel enano. El hombre mira y remira a la mujer que permanece en el centro de la habitación mientras no cesa de sonreír. Finalmente se decide a hablar.

—Tú Sade, yo Masoch.

Comienza a desnudarse a una indicación suya. No es muy cómodo hacerlo mientras la miran a una fijamente. Pero ya debería estar acostumbrada a ello. Tampoco es muy cómodo porque hace frío y las puntas de sus senos se erizan de forma involuntaria.

—Bájate las bragas, por favor.

Lo hace. Levanta una tras otra sus piernas para quitárselas y las lanza al suelo mostrando el vello rojo de su pubis. «Ché, pero es macanudo, una piba con el pelo rojo allá mismo.» «No me gustan las pelirrojas, no me gustaban hasta que te vi a ti, a ti y a Maureen O'Hara, pero tú eres bastante más sexy que ella.» «Debes cotizarte bien como puta, no hay muchas que tengan tu color de cabello, ni que tengan el vello púbico tan diabólicamente rojo.» Y él toma las bragas de encaje, se las lleva a la boca y las besa con pasión.

El es un perro, se ha desnudado y su cuerpo famélico recuerda al de un galgo descansando después de su estúpida carrera tras el conejo de marras por el canódromo. Se le marcan las costillas, se le marcan los huesos incluso en los glúteos nimios que mueve por la habitación.

—Ponte la cazadora, Sade. Ponte la cazadora encima.

Obedece. Cruza la sala y la recoge del respaldo del sofá donde la ha dejado al entrar. Al entrar, hace apenas dos minutos, empujando la puerta del apartamento que él había ya dejado abierta cuando ella llamó desde la calle, por el interfono. Y nada más entrar ajustar el precio, treinta mil, y él, que ya está acostumbrado a esas transacciones, buscar el billetero, sacar los billetes, de cinco mil, y contarlos, los seis, con cuidado, antes de deslizarlos en su mano de largas uñas pintadas con esmalte negro.

El sigue en el suelo, como un perro, olisqueando su prenda interior, y luego se acerca a cuatro patas, besa su pie derecho, el izquierdo, los levanta ligeramente, uno tras otro, e introduce uno a uno sus dedos en su boca, los chupa cubriéndolos de saliva cálida, para luego, con la lengua, abrirse camino por el interior de sus muslos, incorporándose ligeramente bajo el arco de sus piernas abiertas y tensas, hasta su sexo, y permanecer allí anclado, lamiéndolo, hundiendo su lengua una y otra vez en la raja húmeda y cada vez más dilatada de la mujer que permanece quieta y silenciosa, imperturbable, sin que su cara transmita el más leve indicio del placer que la inunda por la caricia bucal de que está siendo objeto, y la lengua, tras salir de su sexo, bordea los labios de su vulva, hasta llegar a los confines del ano, mientras las manos del esclavo genuflexo entre sus piernas inician movimientos rotatorios sobre sus nalgas, pellizcándolas muy suavemente.

Han pasado al dormitorio contiguo. La paredes negras, la cama negra, una reproducción del *Martirio de san Bartolomé* de Ribera colgando sobre el cabezal. El santo parece tener algo en común con Masoch, y Sade lo observa con curiosidad. Tiene poco pelo, va mal afeitado, es delgado, cuelga exánime del poste de tortura y tiene el cuerpo lacerado por múltiples heridas por donde escapa su alma. Y tras mirar el cuadro mira al hombre, y se da cuenta de su increíble parecido físico con el modelo del cuadro, del que sólo le separan las heridas sangrantes y la expresión dolorosa y mística que precede a su muerte.

—Atame. Has de atarme. Con fuerza. Ten.

*

del padre una mera alucinación erótica. El padre cierra la puerta suavemente, sin ruido, como si nada hubiera descubierto, y ella está segura que él le guarda el secreto, porque nada le comenta su madre, nada le comenta él, todo lo más evita su mirada, se siente incómodo en su presencia. Y a ella le excita la extraña complicidad que se establece entre ellos dos, el compartir un secreto vergonzante. A partir de entonces se masturba con más discreción, utiliza el cuarto de baño, su cama, y reprime sus gemidos bajo las sábanas para no truncar el silencio de las noches. Su cuerpo se despierta al sexo voluptuosamente.

*

Sade saca una colección de antiguos grilletes de anticuario que desliza en sus manos mientras él se tiende, desnudo en la cama, abriendo piernas y brazos, y de su cuerpo famélico sobresale el sexo erguido como una lanza.

Sade lo amarra con fuerza al cabezal y a los pies de la cama. Los grilletes son pequeños y al cerrarlos pellizcan la carne de las muñecas y de los tobillos. Masoch sonríe cuando siente la humedad de los hilillos de sangre discurriendo por sus miembros y goteando sobre la colcha. Su cuerpo se ha tensado y todo él compone un aspa perfecta de carne. Sade descubre en el lecho de los tormentos, cuyas sábanas son como mortajas, restos secos de la sangre vertida durante otras sesiones. Será con él un ama dura y sin piedad, se dice.

—Voy a destrozarte, Masoch. Gritarás tanto que vas a reventar por dentro. Voy a arrancarte las entrañas. Voy a castrarte. Voy a abrirte el pecho y voy a extirparte el corazón. Voy a vaciar tus ojos y dejar tus cuencas sangrantes. Te arrancaré las tetillas y beberé de tu sangre. Voy a arrancarte la lengua de un mordisco. Voy a destrozarte el ano con una daga. Me comeré tu pene, lo seccionaré, lo arrojaré por la ventana y beberé tu maná.

Masoch se humedece los labios y experimenta una fuerte erección. Sade golpea con fuerza su miembro con la mano abierta y lo vence sobre el vientre. La erección vuelve, pese al dolor del golpe, gracias a él.

Masoch tiene un excelente instrumental de tortura que guarda en el armario. Sade abre una maleta y extrae de ella los más variados artilugios. Un rodillo con púas, largas agujas de costura, pinzas de ropa, un látigo con hebilla metálica, una especie de porra ancha y dura, una larga y afiladísima daga que rasga la piel con su contacto. Se vuelve hacia su víctima, que está ansiosa por recibir el tormento y se revuelve en su cama-prisión jadeante.

Lo primero que hace es orinarse en su vientre. Masoch recibe gozoso el líquido. Y luego le sella los labios con esparadrapo, para que no grite. Sade le lanza entonces una sonrisa diabólica mientras se desembaraza del chaquetón de cuero, que resta agilidad a sus movimientos, y se tiende desnuda encima del hombre amarrado a la cama. El retumbar del corazón de la víctima traspasa sus senos, lo oye tan profundo que le llega hasta el cerebro, y su sensación de terror ante la indefensión la excita.

—Masoch —le dice pausadamente mientras se

sienta sobre su vientre y comienza a arañarle con ferocidad el pecho, abriendo surcos de sangre en su piel—, vas a gozar como nunca hayas gozado antes. —Se debate sobre sus tetillas, tironea de ellas, las muerde con fuerza, hasta sangrarlas, y con la boca tinta en sangre le muerde las orejas, los lóbulos, sin dejar de mirar fijamente a los ojos de su víctima, que permanecen muy abiertos—. Voy a hacerte gozar, basura, hasta la muerte.

Lo azota. Blande el látigo y descarga los trallazos con fuerza sobre el pecho, vientre y muslos, hundiendo la hebilla en sus carnes, desgarrándolas, y el silencio forzado de la víctima ante la tortura la excita. Sabe que si le sacara el esparadrapo de la boca el rugido de dolor sería tan potente que haría estremecer el edificio hasta los cimientos.

Se levanta. Va al lavabo. Se mira la cara. Suda y está desencajada. Cierra los ojos. Ve un cuerpo tendido en el suelo, junto a la chimenea, atravesado por un atizador, desangrándose, a ella saltando por encima de él, extrayendo uno a uno los anillos de sus dedos amorcillados y repentinamente fríos, y luego vestirse, apresuradamente, cogiendo, antes de desaparecer, el talonario de cheques y guardándolo en el bolso, y descender con cuidado las escaleras de madera que crujen endemoniadamente, y lo peor, atravesar el maldito jardín a oscuras, sin atreverse a respirar, oyendo su corazón golpear con estruendo las costillas, y el perro que acude a ella, trotando, respirando fuerte, y ella lo ve llegar entre las sombras del jardín, y en vez de chillar, de huir, de desmayarse sobre la gravilla del camino, se serena, de pronto una sangre fría se apodera de ella y llama al can por su nombre, Goliat, y el perro parece reconocer la voz y se amansa, se aproxima a ella, y a lo más que llega es a husmearla, a deslizar su lengua larga y babosa por sus muslos.

Sigue allí. Y ella está cansada. El sigue atado y con la mirada parece pedirle más tormentos. Coge la porra y le golpea, una y otra vez en el vientre, en las costillas, en el pene erecto que vuelve a vencerse sobre su vientre, y el golpe en los testículos sí que debe de haber sido terrible porque el cuerpo de la víctima se tensa de una forma horrible, las muñecas y los tobillos se autolaceran contra sus argollas y el esparadrapo se hincha en su boca cerrada como un globo a punto de explotar.

*

El caracol olía mal. Olía mal, olía mal. Y se lo repetía una y otra vez a su hermana que movía la cabeza, que no parecía estar muy de acuerdo con el procedimiento que iba a emplear. Entonces vertió parte del contenido del frasco de colonia sobre el caracol y comprobó con satisfacción cómo todo él se retorcía con rapidez, se contraía, cómo su cuerpo tomaba una consistencia dura y ennegrecía, cómo sus cuernos desaparecían definitivamente de la cabeza. «El caracol ya huele bien, el caracol ya huele bien.» Y su hermana llorando, llorando mientras subía corriendo las escaleras. «¡Mamá, mamá, Sofía ha matado al caracol, lo ha matado...!»

*

Tiene sed. Tira la porra al suelo. Le coge un vahído que está a punto de lanzarla contra la moqueta negra del dormitorio. Se sienta un instante y luego va hacia la cocina. La nevera está casi vacía, sólo hay whisky, y ese majadero ha metido una botella en la nevera. La abre con los dientes y se llena un vaso hasta la mitad. Bebe de un solo trago. Se aproxima a la ventana y limpia al vaho que la empaña con el dorso de la mano. Un taxi y un autobús se abren paso Muntaner abajo entre la niebla. Una pareja camina abrazada bajo la protección del paraguas. Un gato negro cruza por un paso de peatones aprovechando el semáforo verde. Mira su reloj de pulsera, del que no se ha desprendido. Las dos de la madrugada. Y la campana de una iglesia cercana se lo confirma.

Se vuelve hacia la víctima. Parece tranquila y la mira con fijeza. Sade sonríe. Ahora sí que es exactamente igual que el martirizado san Bartolomé que pende sobre el cabezal de la cama; el cuerpo lacerado, las llagas supurando sangre y agüilla. Rebusca en la maleta hasta dar con la daga.

—Voy a degollarte, Masoch. Prepárate a tragar tu propia sangre. Un corte limpio en tu garganta y será tu fin.

Se aproxima a la víctima empuñando el cuchillo, acerca su punta a sus ojos, sigue el perfil de la nariz, su boca violentamente cerrada, el mentón perlado de sudor, y se detiene sobre su nuez. Debería moverse su nuez, se dice, pero permanece quieta bajo la punta del cuchillo. Debería moverse todo él, presa de inquietud y placer. Pero permanece inmóvil. Y sus ojos no la siguen, no la miran, permanecen fijos sobre la ventana brumosa de vaho.

Se incorpora, se viste rápidamente, echa una ojeada por la habitación, comprobando que no se deja nada comprometido, y se encamina hacia la puerta calzándose los zapatos por el camino. Antes de salir guarda la daga en el bolso.

Ratas de noche

Arroja la colilla al suelo y la aplasta con fuerza de un pisotón, con rabia, como si fuera una cucaracha crujiente. Luego camina, bajo la lluvia, por la calle de San Pablo, hasta las Ramblas, toma el paseo central, desciende por él, flanqueado por los quioscos recién cerrados, los plátanos robustos, hasta la calle Escudillers, gira por ella, sobrepasa las lunas del cabaret New-York, con incitantes fotos de hombres que parecen mujeres, de mujeres que parecen hombres, pasa junto a las puertas cerradas del restaurante Los Caracoles y entra en un bar infecto de rótulos de neón fundidos. Y el bar está abierto, y lleno de gente variopinta, de marineros borrachos, de putas sifilíticas que no han conseguido hacer un cliente aquella noche, camellos negros y moros rijosos.

—Un coñac.

No mira la copa. Si la mirara no bebería. La bebe de un trago, de pie en el mostrador. Un negro le da la espalda. Una prostituta, con la mitad de la cara destrozada —no se sabe si por una enfermedad degenerativa de la piel o por la furia de algún chulo despechado que le ha arrojado vitriolo—, toma un anís. La prostituta le muestra el lado deforme de su rostro, y luego vuelve la cara y le enseña el bonito, es un decir, embadurnado de potingues, con los labios muy pintados, arrugados, y los dientes sobresaliendo de ellos, mellados, inarmónicos, manchados de carmín. La prostituta se acerca tanto a él que siente su aliento a comida y a bebida, que le revuelve el estómago, y escucha el rumor de su gran culo removiéndose insinuante dentro de su vestido de lunares, a punto de reventarlo.

—Oye, guapo. Por cien pelas te hago una paja en el water que te cagas.

—Déjame en paz.

—¡Marica! —y se vuelve, dándole ostentosamente la espalda, mientras pide chillando otro vaso de anís, coge la mano de un marino que dormita sobre una copa de orujo y se manosea con ella los senos.

Se respira en el bar el aroma dulzón de la putrefacción, de las carnes decadentes y sin destino macerándose lentamente en su propia miseria, adobadas en el alcohol. Miseria. Miseria en la pensión de mala muerte a donde ha ido a parar, miseria en el bar infecto en que trata de emborracharse sin fortuna, miseria en su vida abocada a ningún destino. Y la suya, una fascinación irracional por mundos que no le pertenecen, que le son ajenos, de los que puede salir con sólo chascar los dedos. Todavía no es prisionero del submundo, a lo máxime un turista curioso y morboso, un *voyeur* que gusta de sumergirse en la basura con la tranquilidad de quien puede alcanzar luego sin esfuerzo la superficie de un talonazo.

—Camarero, otro coñac.

—¿Me ha pagado éste? —pregunta con la boca de la botella planeando sobre la copa vacía, los músculos del brazo velludo tensando la piel sobre el tatuaje obsceno de una mujer abierta de piernas, mostrando las profundidades insondables de su sexo, la colilla humeante de su cigarrillo comprimida con fuerza entre sus labios duros.

—Claro.

Le llena la copa. Y él quisiera llenarla, llenarla hasta matarla, llenarla de su semen hasta que le saliera por la boca. Puta. ¿Por qué se lamentaba? Cabrón, cabrón.

—Cabrón.

—¿Qué?

—Nada, nada, amigo, siga bebiendo.

Todos beben. Y los negros pasan heroína a las putas de carnes desfiguradas que corren a los urinarios a buscarse las venas. Y él va a los urinarios. Y hay mierda en el suelo, y orines en el suelo, y sangre en el suelo, y el olor infecto a detritus planea por el ambiente. Y vomita, fuera de la taza, porque no consigue apuntar bien, y oye, en el compartimento de al lado, que alguien le grita «¡Cerdo!», y tiene ganas de coger al que así le insulta y estrangularlo; sale, tambaleándose, con el vómito prendido de sus labios, y el de al lado es un pobre viejo sucio, con cara de no haber dormido en su vida bajo techado, que se estará en el water hasta que cierren el bar y lo echen a la calle de una patada, junto con las basuras, y no lo mata porque sería hacerle un favor, ya está medio podrido, se le cae la piel a tiras y sus ojos legañosos están ciegos de alcohol, y no quiere hacer favores a nadie, a nadie, ni a sí mismo, porque si así fuera ya se hubiera disparado un tiro en el cielo del paladar, y va hacia la salida, y junto a la salida hay un negro con los pantalones bajados, que le sonríe al pasar, mientras se derrama en la boca de la mujer pálida de brazos amoratados que tiene amorrada a su miembro oscuro, a la que coge con fuerza por la nuca, con ambas manos, mientras le hace tragar la verga hasta casi ahogarla, y el negro, que está borracho, abandona por un momento la nuca de ella y le toma por el brazo amistosamente, le sonríe mostrando la blancura impoluta de sus dientes, le ofrece su puta —que ya ha terminado su felación y se limpia el semen que se ha derramado por las comisuras de su boca con un Kleenex—, para que le haga una mamadita a continuación, y él se niega, y el negro le pregunta si es que acaso le da asco porque es racista, guardando su gran verga ablandada en el interior de sus pantalones, cerrándolos, y él entonces ve claro que el negro y él van a acabar mal, que el negro huele a alcohol, tanto como un cadáver huele a formol en una *morgue*, y que una cuchillada antigua ha trazado un surco grisáceo en su mejilla derecha, y que sus ojos sangrantes tienen las pupilas dilatadas, y se deshace de su fuerte mano con brusquedad, y el negro pega un empujón a la puta, que cae al suelo vomitando semen, y lo coge a él por las solapas, con fuerza, aplastándolo contra la pared del retrete, y él, muy mareado, empieza a arrepentirse de haberse metido en ese tugurio, en ese infecto antro. Aunque sólo tiene que dar un taconazo contra el fondo e impulsarse con fuerza hacia la superficie. Y el negro le toma por los cojones, comprimiéndoselos, mientras ríe de forma diabólica, mostrando su dentadura perfecta, tan cerca de su nariz que le aterroriza que pueda llegar a darle un mordisco. Entonces él se acuerda de que le duelen las muelas. Y quisiera escupirle, arrancarle el ojo de una escupinada. Eso. Pero no lo hace, palidece, tiene la boca seca, como cuando anda perdido, como cuando se extravió una noche en la montaña y no encontraba el maldito camino y en el cielo culebreaban los rayos, le tiemblan las piernas, mientras el negro está dispuesto a arrancarle los cojones allí mismo, ante la mirada borracha de la puta que no para de escupir semen en la taza de un retrete y de gruñir «tío guarro, tío guarro», mientras bebe amorrada al grifo del lavabo, y se echa agua en la frente, y con ella se humedece las puntas de los senos marchitos que saca uno tras otro por su escote, y entonces él se ve sin cojones, con la nariz rota y la sangre corriendo por la cara, y recuerda que también es un poco fuerte cuando, por sorpresa, le clava los índices de las manos en los ojos muy abiertos del negro que, sorprendido, le suelta, y grita, y él aprovecha la confusión para salir huyendo del infecto retrete, pero el negro, repuesto, le coge por el brazo, y ya siente su mano sobre su cuello que va a estrangularle, una mano pesada y húmeda, de boxeador, de exprimidor de senos de prostitutas, y de nada servirá gritar, pedir auxilio, o lo que sea, porque los parroquianos lo único que harán, si lo hacen, es acercarse al maldito urinario, formar corro a su alrededor y lanzar apuestas, a ver quién de los dos destripa antes al otro, y pocos apostarían por él, porque la policía no se mete nunca por allí, y mejor que no lo haga, recuerda los diez millones que tiene en su maleta, la mirada helada del cajero abatido mientras la sangre mana de su cabeza rota por el disparo, y entonces cae en la cuenta de que tiene pistola, que aún lleva su pistola entre el pantalón y la camisa, que la pistola es su salvación, y con la mano libre se hace con ella, y hunde el cañón en la tripa del negro, y gruñe, ronco, sin voz, que le suelte o lo fríe, así, literalmente, «Suéltame o te frío», y el negro, como por arte de magia, lo suelta, se queda mirándolo, se vuelve grisáceo, se aparta, muestra sus palmas blancas, esconde sus dientes, sus ojos se hacen más circulares mientras retrocede tanto que casi se cae dentro de un retrete, y la puta, que está en el suelo, está a punto de ser pisoteada por sus enormes pies.

Se domina, aunque le cuesta. Dispararle a quemarropa, hundir su cabezota en el retrete, tirar de la cadena, ahogarlo en el río de las inmundicias mientras le comprime los riñones con el cañón de la pistola. Puede hacerlo, tiene ganas de hacerlo, ¡sería tan fácil ahora! Dominar la bestia para poder pegar el taconazo y emerger a la superficie.

—Tranquilo, amigo. Tranquilo. Amigos. No te pongas nervioso.

Y él:

—Yo estoy muy tranquilo, Tom. Tú no lo estás. Nunca he visto correr la sangre de un negro, Tom.

—Es como todas, es tan asquerosa como todas.

—Es lo mejor que tienes, maldito cabrón.

Se pregunta en qué diantre de película está, porque esto sólo puede suceder en una película, mientras sale del water, guardándose el arma en el bolsillo, y se abre paso entre el tumulto que abarrota el bar, porque fuera llueve con ganas, y los cristales de las puertas están empañados por el aire denso, enrarecido y putrefacto que se cuece allí dentro, y abriéndose paso le toca los senos a una mujer cincuentona, que lo toma por una caricia y le echa mano al paquete, pero él se deshace de ella, empujándola, hasta que alcanza la puerta, la abre, provocando un cúmulo de protestas, y sale, y bajo la lluvia se siente mejor, como más limpio, mientras deshace el camino andado y regresa a las Ramblas, las sube y atraviesa la Plaza de Cataluña por el subterráneo del metro en donde unos melenudos heavys alemanes sacan punta a sus guitarras electrónicas ante el aturdimiento de los vagabundos que pernoctan en el interior de sus sacos.

Entonces se da cuenta que la chica está prendida a su brazo, de que es rubia, bastante gruesa, gruesos sus labios, sus senos y sus nalgas, huele a sudor, no se ha lavado esa mañana y no le soltará en toda la noche.

—Si me follas te doy cinco mil, ¡qué digo! —Se ríe sola y trata de enderezar la frase—. Si te dejo follar me das cinco mil.

Y él asiente. Ha bebido mucho, mucho, y se nota el miembro agarrotado y fuerte creciendo dentro del pantalón, como el de un toro, y aquella rubia de pelo sucio, que le manosea con habilidad la pierna buscándoselo, debe de follar como una buena furcia.

so, preservativos, paquetito que se mete allí dentro, y abriéndolo, [illegible] le toca los senos a una mujer [illegible], que lo toma por una curiosa, y le echa mano al paquete, pero él se deshace de ella empujándola. [illegible] puerta [illegible] provocando un tumulto de protestas, y sale [illegible] se siente mejor, como más limpio, [illegible] [illegible] y [illegible] a las [illegible] [illegible] la Plaza de Cataluña por el subterráneo del metro en donde unos melenudos [illegible] alemanes sacan [illegible] a sus guitarras [illegible] ante el aburrimiento de los [illegible] que [illegible] en el interior de sus [illegible].

Entonces se da cuenta de que la chica está pegada a su brazo, de que es una bastante gruesa, gruesos sus labios, sus senos y sus nalgas, huele a sudor, no se ha lavado esa mañana y no le soltará en toda la noche.

—Si me follas te doy cinco mil —le dice—. Estoy sola y [illegible] la [illegible]. Si te dejo [illegible] me das cinco mil.

Y [illegible]. Ha bebido mucho, mucho, y se nota el [illegible] agarrotado y [illegible] dentro del pantalón, como el de un toro, y [illegible] de pelo sucio, que le manosea con habilidad la [illegible] buscándoselo, [illegible] como un [illegible] fuera.

Libros y whisky

El taxi la deja en la confluencia del Paseo de Gracia y la calle Mallorca. Ha cesado de llover, pero el suelo está aún húmedo y esa humedad no desaparecerá en toda la noche, como tampoco desaparecerá el ambiente frío y desapacible, el aire cortante que agita las hojas achocolatadas de los plátanos que festonean la avenida en ambas bandas.

El viaje en taxi ha sido silencioso. Ha subido al vehículo en Muntaner esquina con Ronda General Mitre. No ha querido tomarlo frente del portal mismo. Ha descendido andando por la calle, desierta a aquella hora, hasta el cruce con el Cinturón de Ronda, y allí ha esperado cinco minutos, o quizá diez, hasta que el taxi, un Citroën BX, ha pasado por su lado muy despacio y ella ha alzado la mano deteniéndolo.

No era un taxista convencional. Guiaba el taxi un conductor taciturno, que parecía odiar su profesión. Tenía aires de intelectual, quizás hiciera el taxi para tomar apuntes acerca de una posible novela sobre la noche barcelonesa. La de tipos extraños que debe de haber llevado detrás, la de historias increíbles de amor, odio, delito, sexo que tiene que haber escuchado noche tras noche, piensa Sofía, mientras el chófer conduce insomne por las avenidas de la ciudad, bajo el parpadeo de las farolas. Le ha preguntado a dónde quería ir, y ella le ha contestado que al Drugstore del Paseo de Gracia. Conduce con suavidad, sin estridencias, metiendo las marchas sin que apenas lo note el motor ni la viajera. Desde el asiento trasero Sofía distingue su mandíbula fuerte, ennegrecida por un ápice de barba, el aro que abraza el lóbulo de su oreja derecha, perforándolo en su centro. Descienden por la calle Muntaner hasta la Vía Augusta, siguen por Vía Augusta hasta la calle Balmes, y luego enfilan Balmes hacia abajo, hasta tomar Mallorca, y todo el trayecto en silencio, sólo acompañados de la radio, una emisora local cuyo pinchadiscos pone sin cesar canciones de Sade que la relajan. Sofía cierra los ojos y escuchándola siente un agradable calor tropical y hasta el murmullo del oleaje en una playa perdida.

Entra en el Drugstore. A las tres de la madrugada la fauna del local nocturno es variopinta. Hay insomnes que no consiguen pegar ojo entre las sábanas frías de sus lechos y se lanzan a tumba abierta por la ciudad en busca de cálida compañía que no sólo les ofrezca sexo; hay chaperos con pantalones ceñidos que marcan sus genitales como mercancía en venta y con acné masacrando sus rostros como muestra pública de su juventud; hay un par de travestidos llamativos, con más curvas que muchas mujeres, que se lucen por la noche como escaparates de una tienda de modas, que no tendrían su razón de ser si no convergieran sobre ellos las miradas entre escandalizadas y divertidas de los demás; hay señores viajantes buscando una velada excitante a kilómetros de su rutina matrimonial; soñadores poetas que exprimen el lado lírico y canalla de la hora; vagabundos que buscan el calor del único local nocturno del que no van a ser echados a no ser que su aspecto de miseria sea demasiado evidente; y mujeres de la noche, profesionales o no, bellas o no, de edades indeterminadas, a la caza de sus venales clientes, dispuestas a vender su sexo peligroso y rápido en cualquier lugar, el más insospechado y excitante.

*

Una noche sin estrellas, con el aire gélido e intempestivo racheando por las avenidas. Marta le ha dicho que es muy fácil, que debe entrar desafiante, mirando fijamente a los hombres, que su descaro será su divisa. Y Marta ha empezado en todo esto cuando a ella y a sus compañeras de clase comenzaban a puntearles los senos bajo el uniforme. Marta es fantasiosa, y Marta se lo hacía con el profesor de física, y lo explicaba en los recreos, ante las miradas horrorizadas de las demás niñas que no acababan de dar crédito a sus confesiones. El profesor de física tiene la piel amarillenta, los dedos de las manos también, de tanto fumar, y, cuando ríe, como una corneja, amarillo es también el color que predomina dentro de su boca. El profesor de física viste de manera informal, con trajes demasiado holgados, y tose mucho antes de cualquier explicación. Y algo debe de haber entre Marta y él, porque nunca la mira cuando da la clase, nunca la hace salir al estrado a recitar la lección. Según Marta, don Angel le demuestra fehacientemente cómo la carne puede vencer la fuerza de la gravedad. Y las niñas se espantan ante los detalles de sus explicaciones, sólo ella resiste la sordidez de sus narraciones. Y un día Marta se le acerca con cara de haber llorado, la toma del brazo, le ruega que le escuche y se la lleva aparte. «Me ha desvirgado», le dice entre sollozos, «me la ha metido entre las piernas y no ha parado hasta que me ha roto por dentro. Estoy asustada, he tenido que tirar las bragas. El viejo cerdo...» No comprende. ¿Por qué, si no le gusta? ¿Por qué se deja hacer todo eso, si le repugna? Y Marta, prostituta precoz, le confiesa su secreto: cobra. Cobra por masturbarle, cobra por dejarse sobar los senos, cobra por permitir que la lengua del viejo profesor siluetee los labios de su vulva inmaculada, cobra por dejarse penetrar. Y ahora es ella quien se presta al comercio carnal. Se ha acicalado más que de costumbre, se ha depilado las axilas y el sexo, se ha embutido toda ella en un vestido corto de una sola pieza que se adapta a su cuerpo como una segunda piel, que es infinitamente más obsceno que su carne desnuda, y se ha pintado la boca con perverso carmín. Entra, y la situación, su situación, allí dentro, sintiéndose blanco de las miradas, le resulta a un mismo tiempo incómoda y excitante. De pronto le molesta el vestido y ansía desprenderse de él, de pronto el calor que reina dentro le sofoca, y le sofocan las miradas de los hombres que siguen sus evoluciones, el descarado ofrecimiento de su cuerpo. Y los peces no tardan en comenzar a picar en el anzuelo de su carne sensual. Necesita dinero, di-

nero para un viaje, dinero para pagar el caro apartamento de la calle Bertrán, donde se ha instalado, y Marta le ha hecho ver que aquel era el sistema más inmediato de hacerse con muchos billetes y que incluso puede sacar algún provecho de la transacción. Y el primer hombre le tantea las nalgas tras el vestido y le comunica con su burda caricia el hervor de su deseo. No lo mira, no lo mira siquiera cuando en la intimidad de la habitación del hotel se desviste. Sólo ve su verga hinchada, que se alza entre sus muslos, que se introduce presta entre sus labios y en ellos se vacía tras algunos torpes movimientos. Lo desprecia. Desprecia a aquel primer cliente por imbécil mientras se viste rápidamente. Parece tener prisa, prisa por pagar, prisa por correrse dentro de su garganta, prisa por regresar al hogar donde una insatisfecha esposa le espera. Y coge con asco aquel primer dinero conseguido. Y con él quemándole las palmas de las manos sale de nuevo a la calle. Y en la calle se hace con otro cliente. Pasa despacio por su lado en su automóvil, un Santana gris plata, y oculta sus ojos tras unas gafas oscuras. Al sentarse a su lado observa que es calvo, que las manos muy pálidas aferran con desesperación el volante de su automóvil mientras la conduce a su apartamento de la calle Bertrán. No le gusta meter hombres en su guarida, pero a aquel tipo parece desagradarle en gran manera las habitaciones de los hoteles, como si temiera ser reconocido en alguno de ellos. Y lo hacen en el apartamento, a oscuras, con muy poca luz, la suficiente para que sus cuerpos destaquen tenuemente de la penumbra. Se siente recorrida por su verga extrañamente fría y húmeda, con la que le está tocando entre las nalgas, entre los senos, antes de hundirla definitivamente en su vulva, y lo siente dentro, sin furia, derritiéndose mientras su boca delgada hace presa excitada de sus senos y su lengua áspera traza un surco de espesa baba sobre sus pezones. Y luego el pene blando y húmedo, sin fuerzas, buscando el alivio de su boca y su boca trabajando sobre él como un sexo hasta conseguir su resurrección. Aquello la excita, le excita ver al tipo calvo, desnudo y sin pelo, tensándose dolorosamente por el placer, le excita la transformación que ella, mediante chupadas, caricias, mordiscos, pellizcos, opera en el sexo lánguido del cliente hasta fortalecerlo, y una vez fortalecido dejarlo ir en su garganta. Le paga más de lo convenido, marcha con sus gafas oscuras y su cara de pez. Y aún ella sale a buscar otro cliente. El cuerpo le pide marcha, su vulva ansía un sexo fuerte que la penetre y la conduzca sin remisión al orgasmo. Y lo busca. El encuentro se produce de nuevo en el Drugstore y el individuo tanto puede ser un profesor de griego como el dueño de una librería. Fuma en pipa y la mira mucho, y ella sabe que sus miradas la desnudan y se humedece imaginándolo. Se acaricia los labios con la punta de la lengua y lo tiene sentado a su lado a continuación. No quiere utilizar la habitación de ningún hotel y se niega a acudir a su apartamento. Lo hacen en su coche, sin desvestirse. El se abre la bragueta, se saca la verga excitada y la acomoda rápidamente en su sexo, apartándole las bragas, y ella comienza a brincar sobre sus piernas, cada vez con más fuerza, sintiéndolo potente y duro en su interior, mientras sus manos se deslizan por su vestido, aprisionan sus senos, tiran con fuerza de sus puntas y su lengua se hunde en su boca con el mismo ritmo febril que impone su pene en su vulva. Alcanza sucesivos orgasmos antes de que él se decida a inundarla de lefa y continúan unidos luego largo rato besándose y acariciándose. «Eres una puta deliciosa», le dice al despedirse, mientras le desliza el dinero pactado. Y aquello le suena tan bien como el más bello piropo que puedan dispensarle.

*

Se acomoda en el mostrador. De pronto siente calor y está tentada de sacarse la cazadora de cuero, pero lo piensa mejor y desiste de hacerlo. Se acuerda de su escote, del sujetador sexy que asoma por él, y no desea llamar la atención. Pide un café con apenas un hilillo de voz y un camarero rubio se lo sirve en un santiamén, y en menos tiempo ella se lo bebe, lo paga y abandona el mostrador para dirigirse a la librería.

La librería está muy concurrida. Echa una ojeada a las revistas, a las portadas. Dos homosexuales comparan la longitud increíble de sus miembros, cruzándolos como sables en combate en un particular duelo de sexo y potencia. En la portada de *Playboy* una mujer negra insinúa sus poderosos senos siliconados. Y en *Panorama* una cantante estrábica muestra, a través de su generoso escote, unos bien moldeados senos de pétrea dureza.

Coge un álbum de fotos cuyo título le sugestiona. *Historia ilustrada del bestialismo*. Pasa las páginas sin turbarse ante lo que ve. Una rubia de grandes senos copula con un alsaciano. Una pelirroja entrada en años y en carnes comprime contra su sexo un caniche. Una morena cabalga desnuda a lomos de un caballo blanco por una playa desierta. Un gorila acaricia con sus enormes manos oscuras y peludas los senos de una pálida rubia. Una chica de pelo corto besa a un gato. Deja la publicación en su sitio y pasa revista a los libros. Cuesta decidirse entre tantos, entre tantas y tan apetitosas portadas que hacen que se vendan casi pasando por alto sus contenidos. Se decide por uno de La sonrisa vertical, *La filosofía en el tocador*, del Marqués de Sade, y luego se va directa a los anaqueles donde se exhiben las novelas policíacas y toma sin dudar *La mirada del observador*, de Mack Bhen, y *Tarántula*, de Thierry Jonquet. Con ellos en la mano se dirige a la muchacha que atiende en la caja, muestra los libros y entrega uno de sus billetes de cinco mil pesetas, un billete nuevo que hace escasos minutos le ha entregado el último de sus infortunados clientes.

—¿No tienes más pequeño?

Mueve la cabeza.

—¡Sofía!

Se vuelve. Mira a la mujer de pies a cabeza y esboza una sonrisa de sorpresa.

—Laura, hola. ¡Cuánto tiempo!

—¿Qué haces por la calle con esta noche de perros?

—No tenía sueño.

—Ven. Te invito a una copa.

Laura es alta, delgada, huesuda, muy morena, el pelo aún más corto que Sofía, los senos delgados navegando bajo su vestido holgado, asomando ligeramente por la obertura de su escote, las caderas más angulosas, los ojos a cubierto de miradas tras unas gafas oscuras, en el conjunto de un rostro que no sería feo si su cutis no estuviera carcomido por la viruela. Con Laura se lo ha montado un par de veces para dar gusto a unos clientes morbosos ávidos de números lésbicos. Laura le azotaba las nalgas, con suavidad, y luego la penetraba con un vibrador mientras ella le succionaba sus senos delgados y morenos.

Se acercan al mostrador y piden dos whiskies. Fuera comienza a llover de nuevo, esta vez con fuerza. El agua chapotea llenando rápidamente los huecos de donde surgen los plátanos. El barrizal de las aceras se diluye. Laura mira a Sofía con cariño mientras le coge de nuevo la mano y la acaricia con suavidad entre las suyas aproximándola a su pecho.

—Estás muy pálida, ¿te encuentras mal?

—Mareada. Ya se me pasará.

—¿Sigues con esa mujer casada?

—Sí.

—¿Cómo te va?

—Bien, bastante bien. Nos queremos.

—Eso es estupendo. Es lo mejor. Yo ahora tengo un novio, Richard. Me parece que no lo conoces. Lo cacé en la Costa Brava, es peluquero, ha peinado a actrices famosas, a Ana García Obregón, Ana Belén, Victoria Vera y todas esas. Se gana bien la vida y es guapo.

—¿Sigues en el rollo?

—Sí —responde tras un instante de silencio, como si por un momento hubiera cruzado por su cabeza la idea de engañarla—. Es difícil soltarse. Máxime cuando eres una especialista y te ganas bien la vida. No creo que lo deje nunca, al menos así, trabajando cuando me da la gana, y, cuando no, debajo de un árbol. ¿Tú?

—Sigo en ello también. ¿Lo sabe tu novio?

—¡Nooo! Es muy clásico, no me dejaría.

Sofía deja el vaso vacío sobre el mostrador. Siente una náusea profunda que asciende por su estómago y estalla en su paladar. Se mira en el espejo que hay junto a los estantes donde se apiñan las botellas. Verdaderamente está muy pálida, y ojerosa, y le cuesta mantener los labios en una posición de agradable coquetería. Se pasa la mano por el pelo, y pasea la mirada indolente por los clientes acodados frente a sus copas en el mostrador. Repara en dos tipos, al otro extremo, bien trajeados y morenos, que la observan con fijeza, que no apartan sus ojos de ella pese a que Sofía devuelve la mirada con descaro.

—¿Conoces a aquéllos de la punta?

—Sí. Venían conmigo. Quería pedirte un favor. —Laura enciende un cigarrillo y aspira profundamente el humo mientras sonríe a distancia a los dos hombres—. Es que estoy cansada y no tengo ganas de ir con ellos. ¿Te importaría ocuparte? Si es un palo para ti, que se busquen a otra y en paz. Son tipos de pasta, me han invitado a cenar y me da un poco de corte darles calabazas. Empresarios mallorquines. Fabrican zapatos, a lo mejor te regalan un par de muestra. Se alojan en el Astoria. Se lo quieren montar juntos. No hemos hablado de precio, pero les puedes sacar por lo menos treinta o más. Y son agradables, jóvenes, hasta guapos, el que está en la punta no está nada mal, ¿no crees?

—Está bien, de acuerdo.

—Si estás cansada y quieres irte a dormir, me lo dices y en paz; yo les digo que tengo dolor de muelas y los dejo plantados.

—No, preséntamelos. Me está yendo muy bien la noche, estoy ganando más pasta que nunca.

—¿Lo dices en serio?

—Completamente en serio. Preséntamelos y te largas, les das cualquier excusa.

—¿No te importa?

—No Laura, en absoluto.

Laura paga y la besa en el cuello. Luego la coge de la mano y la arrastra en pos de sí hasta el extremo del mostrador.

—Si estás cansado y quieres irte a dormir, ma[illegible] lo dices y [illegible] les digo que tengo dolor de muelas y los dejo plantados.

—No, ¡qué [illegible]! Me está yendo muy bien la noche: estoy ganando más pasta que nunca.

—¿Lo dices en serio?

—Completamente en serio. Preséntamelos y te largas, les das cualquier excusa.

—¿No te importa?

—A Laura, en absoluto.

Laura paga y la besa en el cuello. Luego la coge de la mano y la arrastra en pos de sí hasta el extremo del mostrador.

Drugstore

Desembocan en el Drugstore. Es el único local que permanece abierto toda la noche sin interrupción. Y el más variopinto en cuanto a oferta. En él puede encontrarse desde una explícita revista pornográfica a un buen libro de literatura, desde una mujer viable a un venal chapero, desde una copa de whisky a un taco de tortilla de patata recalentado en el microondas. Entra cogido de la mano de la muchacha que encontró en el subterráneo del metro, y nota cómo confluyen sobre ellos muchas miradas, decenas de ojos que observan con desagrado su aspecto desaliñado y canalla, la barba oscura de él, tapizando sus mejillas, el extraño y patético maquillaje de ella, bordeando sus ojos. Y Roberto devuelve las miradas, provocativamente, una por una, con la lengua a punto de asomar burlona por entre sus labios flojos. Tienen sed. Se piden cervezas, dos jarras imponentes de espumeante lúpulo que cuesta levantar del mostrador y acercar a los labios. Y beben. Y entre trago y trago se dan besos con sabor amargo a cerveza. Y él la toca a ella, que está aupada sobre el taburete, por el interior de los muslos, la manosea, bordeando sus bragas, excitado por el flujo pegajoso que comienza a empapar su entrepierna y se adhiere mágicamente a sus dedos.

—Eh, ¿qué tienes aquí?

Es como una hermosa grieta abierta en su muslo derecho, como un sexo esculpido en su carne con la punta de una navaja, con la piel rugosa bordeándolo, suave por dentro, arisco por fuera.

—Una cicatriz.

—Pues no te la he notado.

—No te la he enseñado, tenías mucha prisa.

—Tú me has enseñado todo, hasta el alma que no tienes.

—Yo tengo alma.

—¿Quién te lo ha hecho?

—Mi hombre. Un tiparraco que se excitaba pegándome antes de follarme. Un sádico.

—¿Qué pasó?

—Me hirió con un cuchillo, decía que mi sangre le excitaba. —Da otro trago de cerveza mientras trata de recordar, su boca amplia se cubre de espuma—. Entonces yo me fui, no quise volverlo a ver más.

—¿Y volviste a verlo?

—Sí, una vez, la última —afirma, riendo diabólicamente.

—¿Dónde?

—En el depósito. Se cayó en las aguas del puerto en mitad de una de las impresionantes cogorzas que solía coger, y se ahogó, el maldito piojo se ahogó. Me alegro.

—¿No le querías?

—Sí, pero siempre me hizo mucho daño. Era de aquellos amores que acaban con una, de los que no te despegas si no es con la muerte. Y la muerte acudió en mi socorro.

—Ya, te pegaba y tú eras sumisa con él.

—Dejé mi casa, dejé todo por ir arrastrándome detrás de él. Me enamoré como una retrasada mental. Todo lo suyo me parecía maravilloso, hasta su mierda.

Ella baja tambaleándose del taburete, y van a ojear las carátulas de las cintas expuestas en la tienda de alquiler de vídeos, luego entran en la librería.

—¿Qué quieres hacer aquí?

—Mirar libros.

—¡Malditos libros! Dime, ¿para qué sirven? Yo nunca he logrado acabar uno entero. Sólo recuerdo un sabio consejo de mi pobre padre. ¿Y sabes cuál era? Sólo se refugian en los libros los que no tienen una vida interesante que vivir, los mediocres, los que necesitan meterse en otras vidas porque las suyas no les llenan. Leer un libro o mirar una película es hacer de *voyeur* en la vida. ¿Se dice así, verdad?, *voyeur*. El nunca tuvo tiempo de leer un solo libro.

—¿Y tuvo una vida interesante tu padre?

—Perdió una guerra. Siempre se martirizaba por haber perdido esa guerra. Se fue a los catorce años, siendo un maldito mocoso, por puro romanticismo. Le habían hablado de ella como si fuera un juego divertido del que saldría convertido en un maldito héroe. Pero el recuerdo de esa guerra perdida lo persiguió siempre. No se acostumbró a vivir en la paz de cementerio. Y por eso empezó a beber.

—Y os abandonó, y tú, para sacar la familia adelante tuviste que ejercer la prostitución.

—Imbécil. Yo no follo por dinero. Yo follo porque me gusta. Mi madre me pegaba lo suyo cuando llegaba a casa, muy jovencita, con el semen de los hombres entre los muslos. Ella lo olía a distancia, como un perdiguero. ¡Y a mí que me gustaba ese olor tan penetrante...! Debo de tener el olfato degenerado. Siempre me han perdido los jodidos hombres. Me piropeaban al verme pasar, me sobaban en el metro. Yo siempre fui muy desarrollada. Me crecieron los senos al mismo tiempo que los dientes, y siempre he tenido un culo endemoniado.

—Sí, nosotros nos adaptamos muy bien a vuestros cuerpos. Componemos una especie de *puzzle* que encaja a la perfección, sin dejar ningún resquicio. Somos como los machihembrados.

—¿Me encuentras bonita?

—Te encuentro jodidamente bonita, cielo. Tan jodidamente bonita que te pediría una mamada —y, suavemente, sin forzarla, le abre la boca con el índice de la mano izquierda, bordea sus labios, rompe la barrera de sus dientes, le hunde definitivamente tres dedos en su boca.

—Te mamaré. Te mamaré tanto que secaré tu jodida polla —exclama mordisqueándoselos.

Roberto coge un libro de un estante mientras una erección se perfila bajo el pantalón. *Mientras agonizo* de William Faulkner. Se lo muestra.

—Este te gustaría.

—¿Por qué iba a gustarme?

—Porque es genial. Faulkner, Faulkner, Faulkner. Muá —y besa la portada—. Un escritor —prosigue dejando el libro en su sitio— cuya máxima e intelectual aspiración era mantener el pequeño huerto de su casa. Quiero un huerto. Un huerto para plantar tomates, lechugas, pepinos.

—Pepinos, pepinos, pepinos.

—Idiota. Eres una simple.

—No ofendas, bastardo. Todos se creen que porque me follan tienen derecho a insultarme.

—Te he hecho el amor.

—No seas cursi. Odio a los cursis. Me dan un asco horrible.

*

Hacen el amor. Follan. Copulan. No se desvisten. No hace ninguna falta. El la penetra sacando su miembro por la ranura abierta de la bragueta. Ella, tras succionarlo, lo acomoda bajo su falda, lo mete en su vulva y se mueve sobre él, presionándolo con sus muslos. Cada movimiento arranca al hombre un gemido. Y el ritmo de los gemidos se acrecienta, su intensidad va a más, hasta que él se vierte en su interior, la llena de lefa hirviente.

—El amor es la cosa más jodidamente íntima que hay.

—No —le corrige ella—. Cagar es mucho más íntimo. Nadie se atreve a hacerlo en presencia de otro.

—Tú tienes algo que me pertenece. Las mujeres, cuando hacéis el amor con los hombres, les robáis algo tan personal como su semen.

—Pues ya os lo podríais guardar. Ojalá existieran los polvos secos. ¿No te parece?

—Sí. Los polvos secos. ¿Por qué no? Y whisky en vez de semen, o néctar de fruta.

—A mí, lo que de verdad me fascina es la magia de las pollas. En estado de reposo suelen ser pequeñas, ridículas, insignificantes badajos del que de buena gana tirarías, pero excitadas se vuelven tan enormes, tan duras, que no te importaría morir atravesada por ellas.

Filosofan sobre el amor. La chica del subterráneo se confiesa una vagabunda. Hace el amor cuando le apetece y con quien quiere. Le apetece siempre y le gustan todos. Se sirve de los hombres. Se ríe del papel que la sociedad adjudica a las mujeres. Ella nunca ha tenido problemas: pese a su aspecto desaliñado, siempre encuentra a alguien dispuesto a aliviarle su sexo a cambio de satisfacerse.

—Esto del sexo es la transacción más maravillosa que conozco. En serio. Todos salen ganando. Gana él, gana ella. Yo no tengo problemas, me corro rápido en cuanto siento una polla llamar a mi puerta.

El enciende un cigarrillo. Se lo pasa. Con el pelo más limpio, con la cara más tostada y la ropa ciñéndola el cuerpo —no como ahora, que parece levitar sobre su estructura carnal—, sería hasta hermosa. Pero le sobra carne, como le sobra su hablar deslenguado y el olor corporal con el que parece sentirse muy a gusto. La besa, se hunde en las profundidades de su garganta y aspira el humo del cigarrillo que aún no ha sido expulsado de sus pulmones. Ella le tose en su propia boca. Y él se revuelve, bajando su boca por la barbilla, por el cuello, buscando con avidez los pezones, aprisio-

nándolos entre sus labios y tirando con precisión de ellos.

—¿Por qué será que a todos los malditos tipos os gusta mamar las tetas?

—Freud.

—¿Imaginas un mundo en que las mujeres no tuvieran tetas?

—No. ¿Imaginas acaso un mundo en que los hombres nacieran sin polla?

*

La chica se entretiene mirando una revista de sadismo. Pasa despacio las fotografías. Pechos lacerados, vulvas mordidas, nalgas atravesadas por agujas, piernas quemadas, pinzas de ropa destrozando pezones.

—Estas revistas se compraba el maldito hijoputa, y luego quería llevar a la práctica todo lo que veían sus ojos pervertidos.

Roberto coge las revistas de zoofilia. Le enseña la fotografía de una rubia que muestra su sexo abierto, un redondo agujerito sonrosado bordeado de vello por el que apenas parece poder pasar el dedo índice de la mano, a la lascivia de un enorme gorila.

—No estaría mal moltárselo con un gorila —murmura ella mirando la foto—. Lo más rebuscado, lo más pervertido, lo más insólito es lo que más excitación me produce.

—Lo que me encanta de ti es tu brutalidad. Vamos.

—¿A dónde?

—No sé. A beber. A hacerlo en un portal. Cualquier cosa.

Van hacia la salida. La gente que llena el establecimiento se echa a un lado al verlos venir. Es como si temieran que fueran a infectarlos. Y ellos se dan cuenta y se vuelven más provocadores. Roberto se fija en un par de chicas que hay acodadas en el mostrador. Una es morena, la otra, pelirroja, lleva una falda tubo de cuero negro y las piernas hermosas embutidas en medias oscuras. Se parece a Ada, piensa, a Ada cuando se cortó el pelo. Pasa muy cerca de ella, tan cerca que podría tocarla. La desea. ¡Se parece tanto! El color de sus ojos, el óvalo de la cara, el tabique nasal delgado, los labios finos, de cierta crueldad, la frente resuelta, los pechos breves, insinuados bajo la blusa roja de seda.

—No te mires a las mujeres, cabrón —le suelta enfadada al oído, empujándolo y propinándole un gran pellizco en el antebrazo—. Me da celos que te mires a esa golfa.

Y salen. Ahora no llueve. Pero el cielo, la calle, los árboles, las deyecciones de los perros, huelen a lluvia. Pasan los autobuses con un siseo suave, pulverizando la lluvia caída, como gigantescos aerosoles. Cruzan la calle Valencia. Bajan hacia la calle Aragón. Ella tira de él y lo conduce hacia una boca cerrada de metro en la que se amontonan hojas de diario, latas de cerveza, gran cantidad de colillas.

—Pero, ¿qué quieres?

—Me ha dado celos el que miraras a esa puta. Házmelo otra vez.

—Polly está cansada, Polly ha trabajado mucho

esta noche— se excusa, componiendo voz de ventrílocuo y palpando su sexo.

Se ha sacado las bragas y se ha subido las faldas. Se apoya en la pared, abre los muslos anchos y muestra, pellizcando con sus dedos, el orificio grande y sonrosado de su sexo, tan circular como una moneda de cincuenta pesetas, que se autolubrifica con generosidad. Roberto se abre la bragueta, coge el miembro entre sus manos y se ve obligado a entrar una vez más en su interior. El coito es breve pero suficiente para que la muchacha tenga un orgasmo y le muerda los labios tras besuquearlos con fruición.

—Te quiero, hijoputa...

Roberto la mira turbiamente. Mira sus carnes cálidas que han temblado entre sus manos, su boca ancha, los dientes amarillentos por la nicotina. A través de ella ama a Ada, aunque a través de aquella pelirroja sentada en la barra del Drugstore habría amado mejor a Ada.

Salen a la superficie. Suben por el Paseo de Gracia. La pelirroja que se parece a Ada desciende, acompañada por dos hombres morenos, y Roberto la sigue con la mirada.

—No me importaría que te la follaras— le ruge ella al oído—. Que te la follaras mientras yo te la aguanto por los sobacos, haciéndole todo el daño posible mientras yo le hundo los dedos en el culo. ¡Señorita de mierda!

—Eres un demonio, amiga —farfulla Roberto.

—Soy una mujer.

Hotel Astoria

Llueve con fuerza en la calle. Y hace frío. Pero en la habitación 345 del hotel Astoria no se advierte la inclemencia metereológica exterior, el ambiente está sumamente caldeado, la calefacción trabaja a pleno rendimiento y, gracias a ello, Sofía, que está completamente desnuda, inmóvil, como una cariátide, en medio de la habitación, ni tiembla ni tirita, más bien siente cierto sofoco en todo el cuerpo que se traduce en pequeñas manchas de origen nervioso que afloran en su cuello, alrededor de sus axilas, en su vientre.

Han acordado treinta. Y enseguida le han dicho que se desnude. Parecen tener prisa por probarla. Son dos tipos morenos, altos, bien trajeados, que usan colonia de dudoso gusto, edades que oscilan entre los treinta y cinco y los cuarenta, que se expresan sin prisa, como paladeando las palabras. Uno tiene los ojos muy grandes, una boca sensual de labios oscuros, más incluso que su piel, y un mentón fuerte y cuadrado partido en dos por un profundo hoyuelo de la belleza; el otro enmascara su rostro tras una barba cerrada, y se diría que bajo ella oculta algo: una fea cicatriz, una mancha en la piel o un mentón poco agraciado. Cuando la han visto desnuda han comenzado a besarla. A Sofía le desagrada que la besen, porque el beso para ella es un acto íntimo y afectivo, que sólo dispensa a los seres que ama, y aquellos dos hombres sólo ponen sórdido deseo en sus ósculos, violan su paladar con sus lenguas, mordisquean y succionan sus labios, bordean sus comisuras y la envuelven en su aliento pesado y acre de alcohol y tabaco. Sofía sonríe sin mirarlos, sin mirar los ojos, narices y labios que tanto se aproximan y tratan de desvelar los entresijos de su cerebro. Le dan asco, y se da asco ella misma, que va a ofrecer su cuerpo a las múltiples violaciones. El de la barba le lame la barbilla, el cuello, de allí salta a su nariz, se desplaza por las comisuras de sus labios, siempre con su lengua, humedeciéndola, mientras que el otro se concentra besándola, mordiéndola, apresando su lengua con la suya, con habilidad, y tirando de ella hacia el exterior. Se encuentra incómoda porque está desnuda, en medio de la habitación, de pie, y ellos no se han sacado ni las corbatas, se limitan a observarla como un objeto que debe ser consumido, y no es otra cosa en aquellos momentos, y a acariciarla, tras el primer contacto físico con su boca, los senos y las nalgas, y esto le parece un juego sucio a ella, que se siente en inferioridad de condiciones, mientras ellos le susurran un cúmulo de obscenidades en la oreja que ella ha de reír, como si encontrara divertidas y excitantes las referencias a su coño, su culo y sus tetas que sus futuros amantes venales desgranan con voces sinuosas en sus oídos mientras le mordisquean los lóbulos.

Se han retirado a una esquina de la habitación

a deliberar. Hablan en voz baja, pero Sofía capta que discuten sobre quién será el primero. Ella, entre tanto, no sabe qué hacer y se acomoda en el borde de una de las dos camas. Nunca se ha sentido tan violentamente instrumentalizada, no lo ha hecho jamás con dos hombres a la vez, y se siente víctima y prisionera, como la primera vez que descubrió el sexo con un hombre, una sensación incómoda y angustiosa que la caricia aterciopelada de la colcha sobre sus nalgas no consigue aliviar. Se desnudan sus dos clientes; el hombre de los ojos grandes se desprende de su slip y avanza hacia ella manoseándose el pene, mientras el de la barba se sienta en la otra cama para observar. Sofía lo entiende. Lo han echado a suertes y el más atractivo de los dos será el primero en tomarla. Se sienta a su lado y comienza a acariciarla, primero el cuello, luego los senos, finalmente las manos abren sus muslos y se hunden una y otra vez en la raja de su sexo hasta forzar su humedecimiento. Se siente mal mientras se vence toda sobre la cama, abriendo sus miembros con lasitud, y su amante se tiende encima de ella, la busca con ansia animal y forcejea un instante hasta que se acopla en su sexo. Desde el primer momento él es quien impone las reglas del juego erótico y ella, lo comprende, ha de limitarse a acompañarlo en todos sus deseos. El pene se mueve en su interior, taladrándola, mientras las manos del hombre le oprimen los senos y su boca, excitada, pasa de un pezón a otro, succionándolos con tal fuerza que ella siente su sangre acudir a borbotones hacia las areolas. Después de pocos segundos Sofía comprende que el hombre que tiene sobre ella es un amante consumado, de los que tardan en eyacular y controlan perfectamente su pene, acostumbrado ya a muchas lides sexuales, y piensa amortizar con creces lo que ha pagado por ella. Tras sus primeros devaneos por su pecho, parece concentrarse en la mecánica del coito y se mueve en el interior de su vulva de forma mecánica mientras pasa a acariciarle las nalgas y levita sobre su vientre. Es como si ella fuera una tabla gimnástica de carne cálida y él un atleta que se flexionara sobre ella. Pronto suda y su sudor cae sobre ella, se deposita en su vientre, se esparce por sus senos enrojecidos. Sofía se excita, le excita más el placer que proporciona a su amante venal que el que su cuerpo experimenta. Observa sus cuerpos entrelazados que se aproximan y se separan y tiene la visión del pene de su amante, y es como si una gruesa y furiosa columna de carne enrojecida entrara y saliera de su vagina con voracidad, fundiéndola, abriéndose paso entre los muslos con la violencia de un ariete que violara la puerta de su sexo. Está cansada, aquello dura demasiado y quiere terminar con él. El hombre del rostro cubierto de barba, que está sentado en la cama de enfrente, los observa y se excita, un gran bulto se dibuja pugnando bajo el slip, dibujando un círculo húmedo en su tejido. Sofía dobla las rodillas, alza las piernas, abraza el torso sudoroso del hombre con sus muslos, termina anudando sus tobillos al cuello de su amante, y entonces lo siente mucho más adentro, duro y profundo, taladrándole las entrañas, totalmente abocado a su sexo dilatado y titilante. Cierra los ojos y piensa en otra cosa, en cualquier cosa, y luego sonríe y se imagina a Blanca, ve su cuerpo grande y moreno, sus pezones oscilando sobre su boca como fruta oferente bamboleante, y ella apresándolos con sus dientes, mordiéndolos sin hacerles daño, chupándolos, mientras le hunde los dedos en las nalgas, bordea su ano y lo abre con ambas manos. La visión le hace llegar abruptamente al orgasmo, y transmite su placer intenso al amante que se hunde una vez más en sus entrañas y finalmente se vacía entre mugidos, buscándole la boca, como si en el interior de esos labios que se abren forzados bajo la presión terrible de su lengua hubiera una fuente y quisiera apagar en ella la sed que siente después de la eyaculación, en una necesidad imperiosa de vomitar su deseo en la garganta de la mujer.

El primer amante se desacopla y Sofía lo ve alejarse tambaleándose hacia el cuarto de baño, con la mano acariciando la verga aún hinchada, barnizada de semen. Sus nalgas delgadas y morenas se mueven armoniosamente por la habitación siguiendo el movimiento de sus piernas por el suelo enmoquetado, y así, desnudo, sin el traje, sólo es un hombre que ha saciado su deseo bañando de néctar el vientre de una mujer; no importa su nombre, su condición social, sus circunstancias, parece hasta un muchacho despojado de sus señas de identidad, el traje, la corbata, la camisa, que descansan en desorden sobre respaldos de butacas, mesillas de noche, la verde moqueta del suelo. Tiene un cuerpo hermoso y atlético, labrado en gimnasios o en pistas de tenis, se dice Sofía ahora que lo ve partir y siente encima suyo el cuerpo húmedo y excitado del hombre de la barba, sustituyéndolo, que se abre camino entre sus muslos, se aloja en su interior y comienza a amarla. El hombre sin barba se encierra en el cuarto de baño mientras el hombre de la barba la penetra con ferocidad. No la besa ni la acaricia, sólo la penetra, y está desde el principio pendiente de su orgasmo, retrasándolo al máximo cuando presiente que éste se avecina, pensando a buen seguro en algo que no tiene nada que ver con la actividad que desarrolla de forma tan precisa, casi con profesionalidad de amante venal, deteniéndose entonces y tomando aire antes de continuar con más suavidad, más lentamente, y cuando ella intenta tironearle de las tetillas un gesto brusco la hace desistir de la caricia.

El primer amante sale del lavabo mientras el hombre de la barba continúa entre las piernas de la mujer, clavado en ella, como partiendo su cuerpo vencido y abierto que aplasta con el suyo, cabalgando sobre sus muslos. Sofía mira a su primer amante y fuerza una sonrisa. Está incómoda. Nunca, hasta ese momento, la han mirado mientras le hacían el amor. El hombre desocupado enciende un cigarrillo y sufre una segunda erección mirándolos. Habla, dice un comentario jocoso.

—Te la estás follando de maravilla, Alberto. ¡Cómo le das a la polla, chico!

El primer amante se ha sentado en un sillón y se fuma tranquilamente su cigarrillo sin apartar la vista de la pareja que ejecuta su acto sobre la cama a escasos metros de donde se encuentra. Se acaricia el pene hinchado, se lo palpa suavemente con la mano desocupada, bajando la piel del prepucio una y otra vez a lo largo del bálano, liberando el glande.

El hombre de la barba llega por fin. El espasmo tensa todo su cuerpo, que experimenta con violencia el latigazo sexual. Vierte su semen mientras se queda quieto, la mitad del miembro en su interior, las nalgas alzadas, los ojos cerrados y la boca crispada, como concentrándose en su explosión. Jadea de forma animal y sale de ella. Se cubre el pene con ambas manos y cruza la habitación en dirección al lavabo.

Sofía continúa echada en la cama. El techo de la habitación le da vueltas. El lecho es un tiovivo carnal por donde pasan hombres con enormes vergas relucientes que asaetean la raja de su sexo. Tiene una desagradable sensación física que le envuelve todo el cuerpo, además del sudor que perla sus axilas, que se desliza senos abajo y baña su vientre. Se siente los muslos pegajosos y la carne le arde desde los pies a la cabeza, como si fuera presa de fiebre. Tiene mucha sed, desearía lanzarse a una gran piscina de hielo y dormir sobre un témpano. Quiere levantarse para ir al lavabo, pero no puede, no se atreve a intentarlo, está muy débil, las piernas agarrotadas, y además tiene miedo de dejarlo todo perdido, todo, colcha, moqueta, sus muslos, de tan plena que se siente de esperma. Está llena de aquel líquido, lo nota caliente en sus entrañas, quemándola, inundándola. Necesitaría una toalla, o una compresa, se dice. Está a punto de pedírselo al que no se llama Alberto, que sigue masturbándose en silencio, con ambas manos entonces, satisfecho del tamaño que va adquiriendo su miembro, de su textura dura. Pero, ¿cómo se llama?

Alberto sale del cuarto de baño. El pene le cuelga entre sus muslos gruesos y oscuros. Aun relajado, su tamaño es considerable. Tiene la verga más maciza, más pesada que la de su amigo, y su semen es más espeso. A Sofía no le gusta el color tan oscuro de su miembro, es casi como el de un negro aunque, a continuación rectifica, nunca se la ha visto a ninguno para poder afirmarlo categóricamente. Se acerca a su amigo y le apoya la mano en el hombro.

—Hacía tiempo que no me desahogaba así. ¡Vaya polvo!

—Ya te he visto, ya.

—Folla bien —le dice el cliente de la barba al otro, a media voz, cogiéndole el cigarrillo, dándole una calada y devolviéndoselo—. A mí me gustan así de sumisas, mujeres esclavas, que se estén quietecitas y se dejen hacer; las que brincan como si les pasaran cien mil voltios entre las piernas me revientan.

El hombre sin barba detiene el cigarrillo en el camino hacia sus labios y mira a Sofía. Experimenta una lenta erección mientras observa sus muslos, sus senos vencidos a ambos costados del tórax, enrojecidos y revestidos con el barniz de sudor que los hace aún más excitantes, el hilo de semen blancuzco que brota de su sexo abierto. Se levanta, se aproxima a ella y la palpa como una escultura de carne con la mano derecha, empezando en el cuello, bordeando sus pechos, rozando el ombligo, encajando definitivamente la palma abierta en su sexo húmedo. Sofía cierra los ojos y se estremece mientras el dedo grueso del hombre frota las membranas exteriores de su sexo para luego adentrarse en él y presionar con suavidad el clítoris.

—Y tú, ¿cómo te lo has pasado, muñeca? Hacía

tiempo que no te follaban así un par de tipos como nosotros, ¿no es así?

Sofía asiente. Aquellos dos tipos le excitan y le asquean al mismo tiempo. Siempre le ha sucedido igual con los hombres. Le repugna su aspecto físico, le repugna el pene fláccido, pero entra en verdadero éxtasis cuando lo siente vibrar en sus entrañas tras abrirse paso entre sus carnes.

—Te damos veinte mil pesetas más si hacemos otro trabajito y eres buena. ¿Qué te parece, Alberto? ¿Cómo la tienes?

Alberto se rasca la barba y se observa el pene.

—Bien, yo creo que resistirá un nuevo asalto.

—¿Aceptas, nena?

No tiene ganas de hablar. Ni de discutir. Ni de levantarse ni de irse a lavar ni de nada. La habitación le da vueltas y ve a los dos hombres en una esquina hablando mientras sacan billetes de sus carteras y los añaden a los que ya hay sobre la mesilla de noche. No distingue ya cuántos debe de haber, pero seguro que son muchos. Muchos. Y se deja hacer. La manipulan entre los dos. Cierra los ojos y siente las cuatro manos tocando su cuerpo, senos, nalgas, sexo, y las bocas húmedas abocadas a su carne, mordisqueándola, chupándola, con gemidos cada vez más excitados.

—Los dos a la vez —oye, mientras se abandona por completo.

Entonces siente cómo entre los dos le dan la vuelta y la dejan boca abajo en la cama, en los labios la sensación áspera del terciopelo de la colcha, con las piernas colgando fuera, con los pies apoyados en la moqueta, y uno de ellos le abre los muslos a la fuerza, aunque ella, de forma inconsciente, se resiste débilmente, y luego lo sicnte caliente sobre ella, una piel ardiendo y besos en la nuca mientras las manos separan sus nalgas y un pene de fuego se abre camino entre ellas hasta adentrarse en su ano, dolorosamente. Pero ya no tiene fuerzas para revolverse. Y el pene se mueve en su interior, en sus intestinos, con el mismo placer con que se ha movido antes en su sexo, lubrificándolos con semen a cada nuevo movimiento. ¿Quién es? ¿Qué importa? El de la barba, el que se llama Alberto, por exclusión, porque el otro, el más agradable, se ha sentado en la cama frente a ella, en cuclillas, las nalgas sobre sus talones, y toma su cabeza con gesto cariñoso, acariciándola, paseando sus dedos trémulos por sus párpados y nariz, abriendo finalmente sus labios para acomodar entre ellos su pene y moverlo dentro de su paladar, hasta la garganta, en un vaivén lento y profundo que pliega y repliega el prepucio hasta desnudar por completo su glande, y ella lo siente crecer entre sus dientes, nota su calor asfixiante preludio de su éxtasis y con su lengua lo acelera, contorneando el frenillo, hasta que la verga estalla y ella aspira su violento chorro de semen como el borracho apura el alcohol de la botella, con ansia. Le excita el placer ajeno que es capaz de provocar en el hombre acuclillado que continúa moviendo su pene en su boca mientras le acaricia los cabellos, que aprieta su ingle contra la cabeza y allí permanece tras haberse vaciado por completo, gimiendo, jadeando, hasta que la última succión de la mujer le indica que todo ha terminado y el placer violento da paso a una dejadez sensual.

Sofía se levanta de la cama y acude al lavabo.

Siente la boca pastosa, los muslos pegajosos y el ano dolorido. Se lava en el bidé a conciencia, orina en él, se vuelve a lavar, y luego aplica su boca al grifo y traga agua y más agua, sin cesar, hasta que siente el estómago colmado y la escupe.

Cuando regresa al dormitorio siente una repentina vergüenza de sí misma y se envuelve en una toalla de baño. Los dos hombres ya se han vestido y charlan animadamente sobre negocios, sobre beneficios, firmas de contratos millonarios, ventas maravillosas en unos grandes almacenes, derivando su conversación con una naturalidad admirable hacia un mar de números. Sofía coge sus ropas y se viste rápidamente. Echa de menos sus medias. ¿Las llevaba aún al entrar en el hotel? No sabe dónde las ha perdido. Está muy mareada y las náuseas estremecen su estómago.

—No te dejes el dineral, muñeca —le dice el cliente que no lleva barba sin ni siquiera mirarla.

Lo coge. El dinero le quema. Como le quema el que ya lleva en el bolso. Y se despide de ambos con un breve apretón de manos. Al darles la mano advierte sus anillos de casados, gruesos aros de oro.

—Gracias —le dice el de la barba al verla partir—. Venimos con frecuencia a Barcelona. Ya nos veremos.

[illegible] la boca abiertos, los niños pequeños y el uno delfino. Se lava en el bidé minuciosamente, orina en él, se vuelve a lavar, y luego aplica su boca al grifo y traga agua y más agua, sin cesar, hasta que siente el estómago hinchado y la cabeza [illegible].

Cuando regresa al dormitorio siente una especie de vergüenza de sí misma y se envuelve en una toalla de baño. Los dos hombres ya se han vestido y charlan animadamente sobre negocios, sobre beneficios, firmas de contratos millonarios, ventas maravillosas para unos grandes almacenes, derivando su conversación con una naturalidad asombrosa hacia un mar de números. Sofía coge sus ropas y se viste rápidamente. Echa de menos sus medias. ¿Las llevaba aún al entrar en el hotel? No sabe dónde las ha perdido. Está muy mareada y las náuseas estremecen su estómago.

—No le dejes el teléfono anotado —le dice el cliente que no lleva barba, sin ni siquiera mirarla.

—Lo coge. El dinero le quema. Cuando le queda el que ya lleva en su bolso. Y se despide de ambos con un breve apretón de manos. Al darles la mano advierte sus anillos de casados, gruesos aros de oro.

—Gracias —le dice el de la barba al verla partir—. Venimos con frecuencia a Barcelona. Ya nos veremos.

Penetraciones varias

Penetra sus nalgas y permanece un buen rato en su cálido y estrecho interior sin correrse, tenso su pene, enrojecido su glande que besa el interior de sus intestinos, se ve a sí mismo acodado en la barra del bar, saboreando una cerveza. Eso. Una cerveza. Por eso no se corre. Y está lo suficientemente borracho como para hundir el miembro una y otra vez en la cavidad recóndita y experimentar el placer prohibido de los griegos.

Ada le excita. Ada le provoca. Ada se vuelve lentamente, mostrándole las nalgas morenas. Las acaricia. Le gustan las nalgas de Ada, siempre le gustaron, espléndidos promontorios de carne que deslindan con claridad la mitad de su cuerpo, entre piernas y espalda. Siempre le han gustado las mujeres de nalgas poderosas. Y las de Ada son grandes, redondeadas, con el fino dibujo del bañador impreso en la piel. Ada vuelve la cabeza y le sonríe. «Venga, vamos, atrévete.» Comienza a besárselas; sus nalgas saben a sal, guardan el aroma de algas de la Costa Brava. Las acaricia lentamente con las palmas abiertas de las manos, sintiendo cómo se eriza de placer toda su piel, mientras su lengua las explora y nota por el estremecimiento placentero de sus glúteos la idoneidad de su caricia. «Vamos, métemela, métemela toda.» Y está lo suficientemente borracho de sexo como para aceptar su proposición, hincársela entre las nalgas y presionar con fuerza haciendo caso omiso de sus lamentos de dolor. Y se la hunde una y otra vez, como si le atravesara con un dardo sexual las entrañas, buscando ansioso el tacto de sus senos, hundiendo los pulgares de sus manos en su boca húmeda. «Me gusta, bestia; me gusta, salvaje», ruge, gime. Y él explota en su interior, inyectándole a presión su esperma.

La verga entra y sale limpiamente entre los glúteos de aquella mujer casi desconocida mientras sus manos sujetan sus pechos caídos evitando el doloroso bamboleo de cada nueva embestida. Siente su olor fuerte y penetrante, y comprueba que, superado el asco inicial, ese aroma a ostras frescas que rezuman sus entrañas incluso le excita. Como también le excita la penuria de hacerlo en el portal abierto de aquella calleja, abierto porque la puerta está medio rota, y el no verla, sólo sentirla con el tacto, con el oído, con el olfato, porque de este modo puede imaginar que esas nalgas grandes y pastosas que perfora pueden ser las de Ada. Ada, pensar en ella y llenarla de lefa instantáneamente. Y ella, la rubia sucia, de cabello pajizo, recibir su cálido néctar sexual en el ano con un gruñido de satisfacción, ejerciendo con movimientos precisos de su culo la succión total de su pene.

No se encuentra bien, después de la eyaculación tiene la sensación de que le han vaciado las entrañas, y se deja caer poco a poco, con la bragueta abierta y el miembro fuera, resbalando su espalda contra la pared rugosa del portal oscuro, y, una vez sentado en el suelo, el mundo, y el mundo es la puerta herrumbrosa que no cierra, que de un momento a otro puede ser atravesada por algún borracho que llega a puerto, y el mundo es esa mujer generosa y redondeada de la que ignora todo salvo su sed de sexo. Todo le da vueltas con la cadencia enloquecida de los carruseles de las ferias. La siente a ella, sudorosa, como una pesadilla a partes iguales placentera y repulsiva, chupándole, una y otra vez, su miembro exánime, lengüetazos cálidos que recorren su pene a lo largo intentando reanimarlo. Es cariñosa, se dice acariciándole los cabellos. Y es guarra. Le lame sin haberse subido siquiera las bragas, ni bajado las faldas, con los pechos bamboleándose libremente por su blusa abierta. Mejor no verla desnuda, mejor la oscuridad. Pero es cariñosa. Y su boca profunda, que su pene no puede abarcar, es un enorme templo de placer. No se conocen, pero su intimidad con ella, realizada a través de los coitos de esa noche, es tan grande que siente un gran aprecio por su persona. Ella le quiere de alguna manera, puesto que ha aceptado íntimamente parcelas de su cuerpo, y él la quiere por ese motivo.

—¿Cómo te llamas? —le pregunta, cuando ya ha terminado.

—Merche. Me llamo Merche —dice, recomponiendo, ahora sí, el vestido, subiéndose las bragas, subiéndose la falda, cerrándose la blusa—. Tienes una buena pija. Me encanta tu polla. No me cansaría de mamártela.

—Porque estoy borracho, sereno me corro en un abrir y cerrar de ojos. La cerveza opera maravillas.

—No te creo. Me dabas fuerte, ¡vaya si me dabas!

El hombre guarda su miembro en el pantalón. El miembro le duele, le pica. Teme que le salgan purgaciones, o algo peor. Es de suicidas follar con la primera tía que se te cruza. El SIDA acecha a la vuelta de la esquina, en vaginas y anos promiscuos. ¿Qué más da? Se mete la mano en los bolsillos del pantalón, saca el billete de cinco mil pesetas, lo mete en el escote de ella y aprovecha para manosear, una vez más, sus grandes tetas, intentando, sin éxito, fruncirle los pezones que al tacto resultan de la misma textura que el resto del seno.

—Te acepto tu dinero como un regalo, ¿OK? Estoy bastante pringada y, si no consigo un poco de pasta, el casero me pone de patitas en la calle. —Y tras un breve silencio—: ¿Tienes un pito?

—Claro. —Le mete uno entre los labios, se los toca mientras lo enciende, le gusta la humedad de su saliva, le excita; a la luz de la cerilla ve un rostro hinchado por la bebida, no un rostro feo; de nuevo piensa que, sin la grasa que lo circunda, que es producto del desorden, el alcohol y la desidia, sería bonita; piensa en Romy Schneider, mejor en Simone Signoret o en Shelley Whinters.

—Te pareces a Shelley Whinters.

—¿Y quién coño es ésa?

—Oh, tú no lo sabes, claro. Perdona, muchacha. Eres muy joven para conocerla. Shelley Whinters es una maravillosa y retozona actriz de Hollywood que en muchas de sus películas muere estrangulada a manos de algún desaprensivo esposo. Es el paradigma de la fémina engorrosa.

Salen a la calle. Se abrazan. Llovizna y la lluvia

los moja y pega los cabellos al cráneo. Se besan. Ella se ha puesto muy tierna y le besa en la boca, rodeando con sus brazos la cintura, restregando su nariz húmeda contra sus mejillas erizadas de barba, y a él no le molesta, casi se le saltan las lágrimas, sintiendo su lengua grande abrazando la suya en su paladar de forma amistosa, con camaradería sexual, mientras la conduce hacia su pensión abrazándola por sus caderas.

—No hagas ruido, no hagas ruido, que hay un viejo carcamal que duerme y es mejor que no nos vea pasar.

El recepcionista duerme. La cucaracha rubia le corre por su cara macilenta y un cigarrillo humeante se consume en un cenicero metálico que hay junto a su nariz. La luz de la lamparilla parpadea antes de fundirse como en un estertor. Suben despacio los escalones a oscuras, cogidos de la mano, como dos enamorados clandestinos, y entran en la habitación. Ella lo derriba sobre la cama y lo desnuda con primura; le saca los zapatos, los calcetines, los pantalones, los calzoncillos, y cuando lo tiene desnudo de cintura para abajo le masajea el miembro con las manos ensalivadas hasta que lo siente crecer entre sus dedos lo suficiente como para metérselo en la boca y chuparlo una y otra vez, y él cierra los ojos, la deja hacer, mientras sonríe, piensa en Ada, y se derrama. Le gusta Merche. Le gustan sus carnes fofas, cuando ella, también, opta por desnudarse, bajo la luz mortecina de la bombilla; tiene los pechos grandes, dados, culminados en explotados rosetones que no se fruncen ni con las caricias ni con el frío, y el vientre lleno de pliegues, y el culo caído, y una cicatriz en un muslo; tiene cuerpo de mujer muy follada, que ha repartido placeres a diestro y siniestro, que se ha entregado con generosidad a toda clase de machos lúbricos que la han tomado sin respetarla demasiado, pero pese a ello le gusta, mierda, le gusta, y no sabe bien por qué. Quizá sea por su entrega sincera y por la forma casi animal que tiene de saciar su apetito sexual proporcionando a su compañero de juegos el mismo placer que recibe. Y la siente encima de él, y la acaricia como quien acaricia a un animal fiel, y le agrada su piel suave, sus formas blandas que se hunden bajo la presión de sus dedos, y es como si los hundiera en una gran masa de *pizza*, eso es exactamente, y siente su virilidad atrapada entre sus muslos, resucitada de nuevo, excitada por el roce de ellos, por su boca que busca la suya, hasta que consigue meter la verga entre ellos y hacerla gozar largo rato, entrando y saliendo de su vulva, pellizcando sus piernas retozonas, llenándola, finalmente, con su lefa, que rompe con las leyes de la gravedad y asciende vertical por su sexo.

—¿Me quieres? —pregunta ella, abocándose sobre su pene, limpiándoselo de semen, besándoselo una y mil veces con pasión de enamorada, mordiéndoselo, acariciando con la lengua el frenillo tenso que parece a punto de truncarse, mientras le mira con ojos implorantes.

Está lo suficientemente borracho como para decirle que sí, que la quiere, que la querrá siempre, que es su novia.

—¿Me llevarás contigo?

—Sí.

—¿A dónde?

Piensa. No sabe qué decir mientras siente los labios jugosos sobre su glande y las uñas de sus manos arañando su ingle. El le baña los labios, le chorrea lentamente sobre las comisuras, en la barbilla, en el cuello, como si su pene fuera un carnal pintalabios. Se sorprende de ello, se sorprende de la cantidad de semen que aún guardan sus testículos. Le duelen. Le ruega que se los acaricie. Y ella obedece, los masajea, los besa, los engulle, uno tras otro, sin cesar de acariciar su pene.

—Al fin del mundo.

—¿En serio?

—Completamente.

—Me gustaría que así fuera. Claro que me gustaría.

Se levanta, cruza la habitación, se mira desnuda en un pequeño espejo desportillado. Atravesando la habitación toda su carne ha temblado. Y el hombre la mira con cierta piedad. Y luego se mira a sí mismo. Y comprueba, con tristeza, que él, sentado, también tiene pliegues en el vientre, que en sus piernas, con el rigor de una escultura, se marcan con fuerza las venas, como en sus manos, síntomas de la decadencia de la carne, de la suya, no sólo de la de los demás. A partir de los dieciocho empiezas a morir sin darte cuenta, y es un proceso irreversible. Pero esta Maga redonda y rubia, de apariencia rubensiana, ha conseguido resucitar en él la pulsión sexual de su adolescencia.

—Valgo menos que una mierda. Seguro que piensas eso. Menos que una mierda. No puede ser que guste a ningún hombre, y si les gusto es por las guarradas que les hago. Lo hago porque me gusta, no creas, me pone a cien sentir una buena polla anclada en mi boca. Hay tías que no lo soportan, que vomitan cuando os viene. ¿Ves mis tetas? Antes eran bonitas, pero ahora están echadas a perder, caídas y surcadas por grietas.

—¿Quedaste embarazada?

—Sí. Aborté. Pero en dos meses de embarazo me salieron grietas por todas partes. Es la hostia lo que nos estropeamos las mujeres, so cabrones, por vuestra culpa.

El hombre se levanta, le rodea con los brazos la cintura, aboca la cabeza sobre su pecho, lo besa y succiona alternativamente los pezones con glotonería, luego el cuello, finalmente la boca, mientras encaja su miembro entre sus piernas y entra de nuevo en su sexo sin demasiado brío. La arrastra por la habitación hasta la cómoda, la sienta sobre ella desplazando un cenicero, y sin soltar ni su boca ni sus pezones la penetra a un ritmo creciente, ablandando la resistencia de sus muslos que terminan abriéndose y mostrando las sinuosidades de su sexo rosáceo. El hombre alcanza su éxtasis sin derramarse. La mujer se abraza con pasión al hombre, cruzando las piernas a la altura de sus riñones, y le besa la nariz, labios, ojos, barbilla mientras sus uñas masajean sus sienes.

—Tú me quieres, sonado. Lo noto. Lo noto por tu polla. Tú me quieres, quieres a esta pobre puta deshauciada. Tu polla me lo dice en mi coño, es un lenguaje que no falla. Tú me quieres con locura, maldito cabrón de hombre. Sólo follan así, a la desesperada, los que me quieren, y yo los conozco, ¡vaya si los conozco! Polly está susurrando aquí dentro: «Te quiero, te quiero, coñito retozón, te quiero, zorrita pechugona».

El hombre mueve la cabeza, sin salir de ella, quieto, dibujando con sus manos su cuerpo, idealizándolo con el cierre de sus párpados, mientras comprime sus carnes.

—Lámeme, lámeme toda, de arriba abajo. Hazme sentir una gran guarra bajo tu boca —gime mordisqueándole el lóbulo de la oreja, comprimiendo sus tetillas con los dedos.

La toma en brazos como si fuera una novia recién desposada y él se dispusiera a consumar el matrimonio; cruza con ella la habitación, la tiende en la cama y comienza a lamer sus carnes con profunda deleitación. Le gusta su sabor, el sabor a sudor y sexo que las impregna, como una salpimentación. Asciende por las piernas cortas, lame las paredes interiores de sus muslos fláccidos, besa los labios de su gran y rugosa vulva en la que se ha derramado tantas veces y los abre con su lengua, penetrándolos a continuación una y otra vez con el apéndice bucal convertido en singular pene, encajando bajo su ingle la cabeza, y desde esta posición la perspectiva que tiene del cuerpo de su amante es insólita: grandes nalgas junto a sus ojos, que palpa mientras absorbe el flujo constante que destila su sexo, nalgas que se estremecen tantas veces como orgasmos tiene su dueña y, perdidos a lo lejos, su espalda, su nuca, los bucles de su cabello pajizo que reposan sobre la almohada. Se excita mientras la succiona, y pronto siente una boca que se cierra sobre su miembro erecto y va a aliviar su excitación arrancándole sus últimas gotas de esperma.

Luego hambre, mucha hambre, pesadillas en las que reinan bocadillos inmensos de tortillas, trozos de atún con mahonesa, pastas de crema y humeantes cafés con leche.

—¿Sabes de algún sitio abierto a estas horas?

Merche mueve la cabeza mientras se ajusta el sujetador a sus senos, y éstos se levantan, hasta casi tocar su cuello, y su vulva saciada se refugia entre la textura de sus bragas, y luego se anuda a su cintura la falda, y se abotona la blusa, y se peina ante el espejo, canturreando de satisfacción.

—Nadie me ha follado como me has follado tú. Te lo juro.

Roberto tiene tanta hambre que mordería un pedazo de su brazo rollizo que desaparece dentro de la manga de la blusa. Mordisquea la sábana sobre la que han yacido. Aspira su perfume a sexo. Luego, por último, rasca una cerilla y se prende un cigarrillo mientras se observa el pene mustio que cuelga entre sus piernas, cabalgando sobre el borde de la cama.

—¿Qué te parecería coger un avión y desaparecer, y aparecer en Tahití, por ejemplo?

—Estás loco, se necesita mucho dinero para ello.

—Yo tengo mucho dinero.

—No te creo. Estás tan pringado como yo. ¿Qué haces si no en una pensión de mala muerte?

—Follar contigo.

Se levanta con el cigarrillo en las manos, abre el grifo del lavabo y se enjabona el pene con fruición. Merche lo sustituye, se lo toma con cariño y lo frota, subiendo y bajando la piel del bálano sobre el glande amoratado que se cubre de espuma.

—Debe de dolerte el capullo.

—Me duele.

—Pobrecito. Has trabajado como un loco.

—Ahora Polly quiere descansar. Meterse en su calzoncillo y descansar el resto de la noche.

Lo seca. Lo sienta en la cama. Lo viste. Hay un ritual de madre en sus gestos, en cómo le ajusta los calzoncillos a las caderas, cómo le calza calcetines y zapatos, le abrocha los pantalones, vence la resistencia de sus manos abiertas para hacer pasar las mangas de la camisa.

—Y esto, ¿qué es?

Ha descubierto la pistola y la toma, sopesándola, dirigiendo el cañón del arma contra el espejo que refleja sus imágenes enlazadas.

—Una pistola.

—Ya lo veo, Polly. No soy tonta. ¿Policía o ladrón?

—Ladrón.

—Menos mal —suspira, devolviéndosela, besándole largamente en la boca mientras le encaja el arma entre el pantalón y la camisa—. ¿La has usado?

—No, aún no.

—¿Para qué la llevas?

—Eres demasiado curiosa. A un hombre que lleva una pistola nunca se le debe poner en el compromiso de tener que explicar la razón de sus actos. Es peligroso.

—Perdona. No me hagas caso. Soy una idiota.

—¿A dónde vamos?

Se encoge de hombros.

—Quiero comer. Necesito comer. Un bocadillo de lo que sea. Tengo que reponer fuerzas.

—Ven a mi casa. Es una cuadra, pero a lo mejor encontramos algo comestible, un trozo de queso, un vaso de leche, galletas. ¿Te apañas?

—Tal como estoy de hambriento, me apaño con cualquier cosa.

Salen de la habitación. Cierran la puerta con cuidado. En uno de los rellanos la mujer palpa la entrepierna del hombre y comprueba con desánimo su insensibilidad.

—Desde luego, necesitas comer para poder seguir follándome el resto de la noche, ricura.

Senos de terciopelo

El hombre está acomodado en su sofá informal tapizado de tela roja, parcheado, y la observa mientras se prende un cigarrillo. Parece muy seguro de la situación, controlándola hasta en los más livianos detalles. Las copas sobre la mesa recubierta de renegrido latón, el licor verde que las medio llena, el aroma a sándalo que flota en el ambiente, el añejo rock sinfónico de los años setenta que, desde los altavoces de su Alta Fidelidad, se expanden por la habitación rebotando contra las paredes acorchadas.

Reina un desorden agradable en la estancia. El desorden es familiar, hace hogar, más que el frío orden dictado por los orates de la decoración. El desorden de láminas enmarcadas con reproducciones de Van Gogh de colores rabiosos, y del Gauguin de sensuales tahitianas de pechos desnudos. Y hay un curioso grabado, que parece original, un ser extraño y monstruoso trazado con rasgos impetuosos en grueso carbón sobre papel dorado, directamente nacido de la locura de su creador, y con una breve leyenda en su pie: «A mi amigo Santiago, que aún ejerce de *progre*, por muchos años. Joan Ponç».

Los libros, a centenares, que se acumulan en los anaqueles, también hablan de su dueño y lector. Kerouac, Wolfe, Capote, Shephard, Miller, Bukowski.

Santiago, bajo la luz de la lámpara halógena de pie que hay en la habitación, resulta más atractivo que acodado en la barra del Nick Havanna. Allí estaba para exhibirse, en medio de la fauna snob que se deja caer por el sofisticado local a partir de la media noche, disfrazado, con sus gafas oscuras que tanto navegan por su frente rastrillada de prematuras arrugas, como se deslizan, al menor movimiento, sobre su nariz helena y ocultan su mirada cansada de todo, olfateando el género femenino que asoma a la frontera de la barra, con el vaso de whisky en la mano como excusa de ociosidad. Ella entra en el local, mareada, desfallecida, con la náusea gravitando sobre su estómago y el sudor espeso de las caricias, del que no ha conseguido desprenderse, pegado a la piel, y va a sentarse en uno de los taburetes que se alinean junto al mostrador mientras los veinticuatro monitores de vídeo del local muestran a una alejada y sensual Sade, envuelta en túnicas, paseando por una playa lánguida de oleaje tranquilo que le besa los pies descalzos, sin que se consiga apreciar la excelsa tonalidad de su voz de terciopelo entre el barullo que reina dentro del templo de la posmodernidad barcelonesa.

—¿Qué te sirvo?

—Una tónica.

—¿Con ginebra?

—No, sola.

La tónica apaga algo la sed. Mete el dedo en el vaso y extrae la delgada rodaja del limón. La exprime entre sus labios hasta que una sensación de aspereza se adueña de su garganta, y aun así continúa, hasta casi mordisquear la cáscara amarga.

Es jueves, casi las cuatro de la madrugada, y Nick Havanna está concurrido de gentes variopintas y ociosas. La mayor parte de ellos se han levantado hace un par de horas y se irán a la cama cuando comiencen a brillar las primeras luces del alba. No trabajan, probablemente no trabajarán nunca, tienen unos *viejos* que lo hacen por ellos y pagan la factura de sus caprichos. Sofía suspira, bebe y se mete un trozo de hielo en la boca. Lo siente diluirse en su garganta y correr gélido por su esófago. Mañana estará ronca, pero no le importa.

Entonces repara en Santiago. No sabe cómo se llama pero nota sus miradas bajo el caparazón de sus gafas de sol. Le gusta su boca amarga, el bigote espeso y canoso que traza una línea gruesa sobre sus labios, el calculado despeinado de sus cabellos. Parece un náufrago de la noche a la búsqueda desesperada de una sirena que le sacie en todos los sentidos. Un buscador de sexo más compañía, distante de los meros atletas sexuales que almacenan conquistas y trazan cruces en su calendario ante cada nueva adquisición. Se turba y desvía la vista hacia los monitores de televisión de la sala. Sabe que si vuelve a cruzar miradas con el desconocido él vendrá, tomará asiento a su lado e intentará, esperanzado, intimar con ella durante la noche. Pero está cansada, y apoya un pie en el suelo, dispuesta a ponerse en movimiento, cruzar la penumbra del local y salir a la calle.

Lo mira. Es el instinto y el placer por el riesgo que siempre le ha acompañado. Ahora él está con un grupito de chicos y chicas, a los que debe de conocer de algo, pero en los que evidentemente no encaja. Ríe paternalmente algunas gracias, coge familiarmente por los hombros a una muchacha redondeada y la agraciada no puede evitar un estremecimiento ante el roce de la mano del hombre maduro a través del vestido. Puede ser su padre, puede ser el padre de todos ellos. Continúa mirándole, fijamente, hasta que él advierte su insistencia, y entonces sabe que está perdida, que ha ido demasiado lejos y que su actitud dará pie a que el extraño se aproxime esperanzado. El hombre maduro se separa del grupito, con una excusa y una sonrisa falsa, y se acerca a Sofía. Se sienta en el taburete vecino y se quita las gafas. Hay mucho de ternura en su mirada cansada, en sus ojos grisáceos, en sus ojeras de insomne y amante de libaciones nocturnas de whisky.

—Hola. ¿Te molesta si bebo a tu lado?

Ahora tiene un vaso de whisky aprisionado entre los dedos de su diestra. Da la sensación de que no es el primero en la noche ni será el último. Y no está en Nick Havanna sino en su casa, aunque su actitud es casi la misma, recostado en el sofá, mirando sin parpadear sus piernas dobladas, sus muslos sobre los que la corta falda tubo de cuero parece trepar.

—No hablas mucho. Eres una chica callada. En fin, respeto tu silencio.

El ha cruzado las piernas delgadas embutidas en sus tejanos gastados y ha arrojado indolentemente la colilla de su cigarrillo al suelo. Allí va a permanecer como muchas otras, de otras noches, que tapizan los listones del deteriorado parquet flotante, hasta su lenta putrefacción.

—¿Te gusta esta música?

Sofía duda antes de contestar. Está en el suelo, sobre un pequeño *puff* moruno que cede ante la levedad de su peso, las piernas cruzadas, las nalgas aposentadas sobre sus propios tobillos, los zapatos alejados unos centímetros de sus pies desnudos y fríos.

—No esta mal. Suena a muy antigua.

—¡Dios mío! ¡Muy antigua! Bien, es cierto, realmente es muy antigua. Esta canción que oyes se llama «Formentera Lady» y me trae un mar de recuerdos. ¿Has oído hablar de King Crimson?

—No. ¿Quién es?

—Es igual. Un grupo mítico de rock sinfónico de los setenta, coetáneos de los Pink Floyd, Jethro Trull *and company*. Músicos experimentales que trabajaban bajo los efectos de los alucinógenos, adalides de toda la generación hippy.

Lo dice de sopetón, con un tono de violencia y desengaño en la voz, como si se sintiera irremediablemente ligado a esa música nostálgica que se niega a desaparecer.

—Son de otra época —matiza Sofía sin demasiado interés y con cierta dosis de crueldad en la observación.

—Son mi música. La vuestra no sé cuál es. Esta era música para soñar. ¿Has oído hablar de los conciertos de la isla de Wight? ¿De los *performances*? Esta es la música de los últimos románticos del siglo, de los ilusos que concibieron la esperanza de transformar el mundo en sus noches de alcohol, marihuana y sexo, y el mundo los devoró a ellos, porque un buen día despertaron en un frío despacho, con una corbata al cuello y una curvilínea secretaria, dirigiendo la empresa de su papá. Fue un bonito sueño, hay que reconocerlo, y fuimos millones en el mundo los que lo compartimos.

Se produce el silencio. Es como si hubiese un muro impenetrable e invisible entre ellos dos que partiera la habitación por la mitad e impidiera la comunicación. Suerte del disco que sigue girando e irradiando su extraña y fascinante melodía.

—¿Te dedicas a algo en especial? —pregunta, encendiéndose otro cigarrillo.

Ella no contesta. Finge no haberlo oído. Puede mentirle. No quiere, no tiene ganas de explicarle su vida. La música suena. Blanca la espera. ¿Qué hace aquí? Desea a Blanca, su cuerpo moreno, tibio, hundir sus dedos en su sexo, besar sus labios, cobijarse en el volumen de sus senos acogedores y tibios.

—Yo soy profesor —habla él, sin que ella le pregunte—. Profesor de latín. Tengo chicas como tú en mi clase, de tu edad. Algunas han estado aquí.

—¿Las del Nick Havanna?

—Sí, ésas.

—¿Te acuestas con ellas?

—Con algunas, las que se dejan. Creen que hacen el amor con su padre. El profesor es un sucedáneo de eso, del papá. Es divertido.

El disco llega a su fin y gira y gira con el rasgueo áspero de la aguja de diamante circunvalándolo. El se levanta, cruza parsimonioso la habitación y se sienta a su lado. Sofía intuye su deseo y se contrae involuntariamente con desagrado. El le pasa el brazo por el hombro y la atrae hacia sí.

—Me gustas. Eres bonita. Me gustas porque eres extraña.

Siente su aliento cálido en el cuello y tiembla. Se arrepiente de haber aceptado su invitación de subir al estudio. Pero hacía frío en la calle y el agua de lluvia se helaba en las aceras, espejándolas. Santiago se balanceaba sobre sus piernas arqueadas mientras caminaba a su lado. Fumaba sin cesar. Y de su bigote helado parecía que iban a nacer carámbanos.

—Vivo aquí cerca. Sube. Podemos tomar una copa —había dicho.

Ahora siente su mano en el cuello, acariciadora y suave, y sus labios en la mejilla, recorriendo el rostro, hasta posarse en el hueco húmedo de la boca. Ella se aparta con un estremecimiento y él se sobresalta sorprendido.

—¿No te gusta?

—Perdona. Tengo un día muy extraño.

Lo intenta de nuevo. La delicadeza deja paso a la violencia. Es como si su rechazo, lejos de hacerle desistir, le hubiera excitado y le empujara de forma sórdida hacia el propósito de poseerla. La acaricia, las piernas desnudas y frías, los muslos más tibios, hundiendo las manos bajo su falda, mientras fuerza sus besos y frota el bigote áspero contra su piel.

—¡Déjame, por favor! —chilla ella.

La suelta. Se levanta y pasea pisando con fuerza. Da una fuerte patada a la silla donde ha estado sentado, que cae y en su caída parte un vaso vacío que está en el suelo. Se le hinchan las venas del cuello mientras golpea con el puño cerrado la palma abierta de la otra mano.

—Subes aquí y luego no quieres hacer nada —le reprocha deteniéndose ante ella—. A ver, ¿cómo lo explicas? Total no es nada, tú me gustas, yo pensaba que te gustaba. Quizá me haya equivocado. No os entiendo, de verdad que no os entiendo.

—Lo siento. Tengo un día muy especial. No me apetece hacer el amor con nadie.

Se arrodilla frente a ella.

—¿Muy especial? Cuenta, ¿qué tiene de especial el día de hoy?

Sofía ladea la cabeza y habla. En realidad es un largo monólogo, como si hablara consigo misma. No lo mira mientras abre los labios y va desgranando las palabras en tono monocorde.

—Empiezo a sentir asco por los hombres. Bueno, en realidad siempre me han asqueado aunque los he necesitado a veces. Empiezo a odiarlos. Odio su afán de coleccionar cuerpos, odio la violencia que desarrollan cuando penetran a una mujer. Sólo buscan saciar su deseo y el coito se convierte de forma inexorable en un ejercicio de dominación sexual. La palabra es gráfica: posesión. Ansiáis poseernos. Sois como furtivos cazadores en la noche, y una vez realizada la conquista desearíais cercenarnos la cabeza para mostrarla a vuestros amigos: «Esta mujer ha sido mía, esta mujer ha sido conquistada por mí». Pero hoy acabo de descubrir que puedo ser como ellos, tan fuerte y peligrosa como los hombres, que puedo utilizarlos para mi satisfacción. Hoy he matado por primera vez en mi vida. Es la primera vez que lo he hecho y he experimentado una sensación muy extraña, mezcla de horror y placer. He sentido la sangre correr entre mis dedos, en un cúmulo de sensaciones placenteras y cálidas. No quería matar, pero el destino me empujaba a ello. Los malditos hombres sólo piensan en lo mismo, de forma obsesiva, en penetrarme, en herirme, en llenarme con su pegajoso semen. Yo los mato, voy a matarlos a todos si lo intentan. No me gusta su brusquedad, me asquea su excitación. Cuando me tocan vomitaría en sus caras. Yo los mato, los mato.

Santiago la escucha atónito. Sonríe cuando ella guarda silencio. Alarga la mano y la hunde en el escote, buscando sus senos, con brutalidad, frotando sus aprehendidos pezones entre las yemas de sus dedos, pellizcándolos como si deseara arrancárselos.

—De todas formas me gustas. Y de alguna manera u otra hay que morir. Hay que arriesgarse. La vida sin riesgos no merece vivirse.

Se reproduce la escena. La besa de nuevo, pese a su rechazo, pese a los dientes de la mujer que muerden sus labios con saña, provocando su aullido y el lento fluir de su sangre. Acerca entonces su boca roja a su cuello, y ella se revuelve, lo golpea, se deshace de él empujándolo. Se levanta y quiere coger su bolso; él la atrapa por un tobillo, tira de ella y la hace caer bruscamente sobre el suelo de madera, donde se lastima. Le duelen las puntas de los senos golpeados, le duelen los muslos sobre los que se deslizan las manos férreas de él intentando apresar sus bragas negras para desgarrarlas. Se ahoga alargando los brazos, hacia el bolso cerrado. Y lo siente jadeando a sus espaldas, reptando por sus piernas, hundiendo sus manos por debajo de su ropa interior, palpando su vulva con manos trémulas.

—Voy a amarte —ruge él, echándose ya encima de ella, abriéndose paso por encima de su falda alzada, de sus bragas medio bajadas que muestran la blancura marmórea de sus glúteos y la hendidura profunda de su sexo entre el vello rojo, intentando encajar su verga en él, que se le resiste, ayudándose para ello con las manos.

Al principio no siente nada el violador. Sólo una presencia cálida y viscosa en su cuello. Luego viene el dolor. Y, al palparse, la certeza de la sangre. Retrocede aturdido preguntándose cómo se lo ha hecho, y entonces ella se abalanza. Ve un torbellino de senos, muslos, vulvas y labios, y en medio de todos ellos una daga afilada que se abre camino entre su carne. Se cubre el miembro, por absurdo que parezca en aquellos momentos lo único que quiere hacer es eso, volver el miembro a su lugar original, anudarse los pantalones, cerrar la bragueta e intentar recuperar su dignidad. Está viendo la escena, la llegada de la policía, el forense, los camilleros, y no cuadra su poco ortodoxa imagen de cadáver de profesor de latín con el miembro exánime aflorando de sus pantalones abiertos. En su locura no siente las cuchilladas asesinas que caen sobre su pecho, sobre su cuello, en su espalda. Es como si el cuchillo violara incesantemente las heridas que va abriendo en su carne, sexos de mujer que se abren como pétalos de sangre en su cuerpo ante el contacto del duro pene de acero cortante.

Sofía sólo se detiene cuando lo ve inmóvil, los ojo vidriosos, la mano crispada y la sangre escapándose por las múltiples heridas que le ha abierto. Le duele el brazo, le duele la muñeca, le duele el corazón dentro del pecho que bombea la sangre a ritmo delirante. Se estremece mientras se levanta y daga en mano cruza el desorden de la habitación. Entra en el lavabo y permanece un buen rato en silencio, de pie, con la luz apagada, respirando con fuerza, ante el espejo oscuro que no se atreve a alumbrar. Se siente húmeda de sangre ajena. Siente una humedad similar en la vulva. Pasea la punta del cuchillo ensangrentado por sus labios, lo besa, lo chupa, con delicadeza, cuidando de no cortarse la lengua, y mientras se toca, lenta y suavemente, los senos erizados, el vientre sudoroso, las axilas perfumadas, la vulva repentinamente húmeda con la mano libre pintada de pequeños cortes, y aquella es una caricia de terciopelo sobre su carne de gacela fresca. La estremece su orgasmo solitario e imprevisto.

parecen por las fechas, [illegible] que le [illegible] la [illegible] de [illegible] de la [illegible], [illegible] el corazón dentro del pecho que ilumina la sorpresa último [illegible]. Se [illegible], [illegible], se [illegible] y deja en manos [illegible] el [illegible] de la [illegible]. Entra en el [illegible] y permanece [illegible] el [illegible] con la ley [illegible], respirando con fuerza [illegible] el cuerpo [illegible] que no se atreve a [illegible] sobre la banqueta de [illegible]. Siente una humedad [illegible] en la vulva. Pasea la punta del cuchillo [illegible] por sus labios, lo besa, lo chupa, [illegible], cuidando de no cortarse la lengua, y mientras se toca lenta y suavemente los senos [illegible] el [illegible], las axilas perfumadas, la vulva [illegible] con la punta [illegible] de pequeños cortes, y aquella [illegible] sobre su [illegible] de [illegible]. La [illegible] el orgasmo solitario e imprevisto.

Cada bala lleva escrito un nombre

Ramblas abajo. Empleados con monos de color butano regando. Esparcen cortinas de agua helada, arcos húmedos que crepitan contra el suelo y arrancan las costras de suciedad del pavimento, barren papeles y colillas en dirección hacia los desagües de las alcantarillas. Los miran al verlos pasar. Hacen una extraña pareja. El no se merece semejante compañía. Ella cada vez está más desgreñada y camina torcidamente. El la acompaña en sus ondulantes zig-zags por el paseo.

—Tienes un bulto muy duro en la barriga. ¿Es por mí?

No contesta. El suelo del paseo está lleno de deyecciones de palomas. Los pájaros duermen en las copas de los árboles. Los animales de los quioscos, los monos, peces, periquitos, gallos, conejos de indias, hámsters, enjaulados todos, duermen, como la ciudad, menos ellos, que bajan, riendo a solas, hasta sobrepasar el Arco del Teatro.

—¿Entramos en el sex-shop?

—Eres un condenado guarro, Roberto. Sólo tienes en la cabeza una cosa, directamente relacionada con lo que cuelga de la entrepierna y que a mí me sirve tan bien —y termina la frase riendo.

Entran. Pagan. Una cabina. Los hombres moscardean con las braguetas de los pantalones hinchadas. Huele a semen pegado a los calzoncillos. Y los dependientes muestran los artilugios del placer, los absurdos vibradores, los inmensos penes de plástico, las muñecas de goma con bolsa para el semen.

Entran en la cabina y miran. Están solos. Merche se cansa pronto. En el escenario hay una negra desnuda que se toca los pezones, se palpa los senos, desde su inicio hasta la punta, se sienta en una silla, separa los muslos hasta casi romperse, se abre con los dedos el sexo rojizo que contrasta con su piel negra y se hunde los dedos de la mano dentro, una y otra vez, mientras se chupa el pulgar y jadea el *play-back*. Y luego comienza a introducirse la variedad más desopilante de objetos: plátanos, berenjenas, penes de plástico, vibradores con puntas, y se hunde los dedos en el ano mientras se pellizca las nalgas, y se tumba y se frota el clítoris, que emerge de su vulva abierta y rosácea, hasta que consigue el clímax real, y vuelta a empezar.

—¿No se la folla nadie?

—No, aquí nadie folla, sólo miran, *voyeurs*. El placer por la vista.

Salen. Cruzan las Ramblas. Grupos de putas pasean sus cuerpos cansados por los aledaños del cerrado restaurante Amaya. Los papeles se amontonan dramáticamente junto a la verja echada del Jazz Colón, puerto final de las juergas progres que se iniciaban en el bar London, tomaban un aire parisino en el Pastisse y se desmadraban en la discoteca cutre del final de las Ramblas. Plaza Real. El suelo mojado y las palomas durmiendo junto a la palmera. Una pajillera trabaja a un negro de eyaculación lenta en la penumbra de un portal y su pene tiembla entre sus manos, sobresaliendo de sus muslos fuertes sobre los que han resbalado sus pantalones. Un marinero americano se la mete a una prostituta de piernas varicosas que tiene acorralada contra una pared. Pasan de largo. Roberto recuerda las tardes en las terrazas, alrededor de los tanques de cerveza, pensando en la revolución, planeando la sociedad futura, y Ada, con el pelo corto, siguiéndolo con los ojos, con aquel vestido negro de cuero que apenas le cubría la mitad de los muslos y dejaba desnudos sus hombros y el limbo de promesas sexuales en su boca, en sus ojos. Ada, Ada, Ada.

Calle Fernando. Una iglesia. Y silencio. El escaparate exótico de una antigua tienda de ultramarinos, de las que tienen empleados que sirven a los clientes con guardapolvos y pintan respetables canas en la cabeza. Botellas de licor de rata, de licor de serpiente, mezcal con el gusano dentro exhibidas para escándalo en el escaparate. Roberto se detiene horrorizado por el descubrimiento.

—Yo he bebido mezcal, joder. Y no sabía que llevara gusano. ¡Puaff!

Alguien los sigue. Alguien los viene siguiendo desde que han sobrepasado la iglesia y ellos caminan por el centro de la calzada vacía de coches. Alguien que se detiene cada vez que ellos lo hacen para besarse o tocarse, alguien que los observa en silencio.

—Hay un mamón que nos viene siguiendo. ¿Lo conoces? ¿Es algún novio tuyo?

Merche se vuelve.

—No, ése parece un pasma.

Roberto palidece. Se apoya en ella. Traga saliva. Suda copiosamente mientras se le seca la garganta. Siempre le pasa en los momentos de tensión, cuando tenía un examen, cuando debía presentar malas notas a su padre, cuando se perdió en la montaña por la noche.

—Vámonos, vámonos de aquí —y tira de ella entrando por un callejón oscuro que huele a basura, saltando por encima de las piernas de un mendigo que mordisquea un chusco de pan duro empapado de barro que ha logrado rescatar de la papelera.

—Alto. Deténganse. Policía.

Se detienen. El callejón es oscuro. Y no hay nadie. Ellos tres. Ellos detenidos, en medio, bajo la luz mortecina de una farola, y el hombre de la gabardina gris que se acerca, decidido.

—¿Por qué corríais? Venga, documentación.

El hombre está muy cerca. Apenas un metro los separa. Merche busca dentro del bolso desportillado que cuelga de su hombro rollizo, Roberto busca por debajo de la chaqueta, sin mirar al policía.

—Vamos, vamos. Los papeles. Si no estáis en regla, esta noche dormís calentitos en Jefatura.

Roberto no lo mira. No querrá saber la cara que tiene, ni la edad, ni si es calvo, ni si lleva barba o bigote, no lo quiere saber porque entonces a lo mejor no lo hace, y lo hace porque lo cree necesario, porque se ve perdido, porque es un estúpido inconsciente al andar por ahí, por la calle, a esas horas, con una gorda ninfómana y borracha dando el espectáculo, y, sin mirar, al tacto, aplica el cañón de la pistola al vientre del policía, que es voluminoso, como hinchado de cerveza y de platos de callos en tascas portuarias, y aprieta el gatillo, una, dos veces, y las detonaciones apenas se oyen, amortiguadas por la propia tripa, donde mueren, y, antes de que el cuerpo caiga sobre unas bolsas de basura reventadas, se nota la mano derecha caliente de sangre.

—Lo siento —musita, metiendo el arma entre el pantalón y la cintura—. Tenía que hacerlo. —Lo dice para sí, para Merche que está petrificada, con los ojos desorbitados, para el pasma que agoniza en el suelo sujetándose las tripas humeantes con las manos.

Y cuando ella empieza a chillar de forma histérica él ya está lejos, corriendo, hacia la Plaza de Cataluña, y aun desde allí, cruzándola apresuradamente, oye los chillidos de ella sobresaliendo por encima de las sirenas de los coches patrulla. Corre, corre y la pistola le pesa sobre el vientre, le chamusca los pelos de la ingle. Sube el Paseo de Gracia, cruza la Gran Vía, se detiene a recobrar la respiración en la calle Valencia y toma una decisión importante.

—Vamos a casa —se dice en voz alta—. Vamos a casa. Te duchas, te afeitas, te lavas, te adecentas. Así no vas a ninguna parte.

[illegible] de pintura [illegible] el [illegible] [illegible] [illegible] [illegible] [illegible]

[illegible]

Y cuando ella empezaba a chillar de forma [illegible]

[illegible] importante.

[illegible]

El amante de la ópera

Si no fuera por su voz de barítono, diríase que es homosexual. Quizá lo sea, puesto que pide a las mujeres que actúen con él como si fueran hombres. Se mueve con excesiva delicadeza, realiza aspavientos con las manos, utiliza una teatralidad excesiva para decir las cosas y parece estar observándose en todo momento, en un cúmulo de narcisismo, al tiempo que interpreta su propio papel con histrionismo y exige a quien le visite que actúe de la misma forma. Es un tipo gordo y grande cuyo cuerpo desaparece dentro de un batín rosado, cuyos pies desnudos, y almohadillados como los de un gato, se deslizan suavemente por el suelo de madera del piso, que tiene pintadas sombras rosadas en las ojeras, en los párpados, y pestañas postizas de longitud irreal bordean sus ojos abultados perdidos en la inmensidad de una cara mofletuda unida al tronco por el cuello ancho de buey. Y ella lo observa inmisericorde, sin poder ocultar el desprecio que su aspecto físico le produce.

—Sofía, Sofía, Sofía... —repite, chasqueando la lengua dentro de la boca, como una serpiente—. No me gusta tu nombre. Antonio, te llamarás Antonio, y serás un varón andrógino.

No sabe dónde quiere ir a parar, pero sigue sus instrucciones rigurosamente. Le ha prometido cincuenta mil nada más entrar, y Madame Rosa le ha advertido que, pese a sus caprichos, es un tipo de lo más inofensivo, un artista de la fantasía más retorcida que no exige grandes sacrificios a sus amantes venales. ¿Lo es? Observa con inquietud sus manos gruesas, sus brazos fuertes que quedan desnudos al deslizarse por ellos las mangas del batín, cuando los alarga hacia un público inexistente y comienza a cantar *La forza dei destino* sin acompañamiento musical.

—Desnúdate, mi bello Antonio.

Sofía se desnuda, se desprende de sus ropas femeninas y queda sin nada en medio de la habitación. El hombre grueso, tras admirarla girando a su alrededor y pronunciar para sí mismo la exclamación «¡Es bellísimo!», le proporciona unos slips de algodón, una camiseta ceñida, que aplasta sus breves senos, y le planta en la cabeza una peluca morena. La observa y no parece muy conforme con el resultado. Sale de la habitación y vuelve al cabo de un instante con un bigote postizo que aplica sobre su labio tras untarlo con pegamento.

—Bien, bien. Ahora tu aspecto es mucho más viril. Un *ragazzo* mediterráneo.

Antonio espera quieto y mudo las instrucciones.

—Yo me llamo Flavio, y tú eres un *ragazzo* veneciano al que he conocido en una góndola. Me llevabas en góndola por los canales de Venecia y hemos acabado en la Plaza de San Marcos. Durante el trayecto no has cesado de mirarme fijamente, a los ojos, a la entrepierna, y yo he captado tu deseo y me he excitado muchísimo. Tienes unos bellos brazos, unas grandes manos, un magnífico trasero, un cuello de toro, una boca sensual, se adivina tu gran virilidad bajo los blancos pantalones que ciñen tu cintura. He deslizado un papel en tu mano, con la dirección de mi hotel, mi número de habitación. Y ahora tú estás aquí, hermosísimo, anhelante de amor, acudiendo puntualmente a mi cita. Dime que me deseas, que quieres hacerme el amor. Pero haz ver que entras aquí de nuevo; sal de la habitación y llama.

Lo hace. Declama sin demasiado entusiasmo su breve diálogo sintiéndose horriblemente ridícula. No puede entrar en el juego fantasioso de esa loca. Y el molesto bigote le cosquillea la nariz.

—No, no, no —se queja moviendo su gruesa cabeza de derecha a izquierda, visiblemente enojado, mientras cruza los brazos sobre el pecho—. Has de decirlo con más fuerza, que se note tu virilidad, Antonio. Pon sentimiento a tu parlamento. Imagina que estás en el escenario, que yo soy tu amante y me deseas ardientemente, que tu miembro arde por poseerme y rociar mi interior con su esperma. Eres un gran *macchio*.

Habla con voz de falsete. El resultado ahora parece haber sido aceptable a juzgar por la expresión de satisfacción que se dibuja en el rostro del hombre grueso que escucha sus palabras en un estado de semitrance.

—Bien, divino. Sigue. Me encanta. Repítelo, una y otra vez. Me excita el que alguien diga que me desea con tanta sinceridad, con tanto apremio. Mete tus manos en los bolsillos y simula un gran pene erecto mientras me miras, mientras me hablas.

Lo repite. Se pregunta hasta cuándo va a durar esa maldita farsa. Cada noche Flavio paga a alguien para que le diga que le desea. Está aburrida y quisiera irse. El dinero que hay sobre la mesa la retiene. Ya al entrar por primera vez ha tenido la sensación de que ese Falstaff de opereta nada en el dinero. Ha distinguido brillo en sus orejas, collares alrededor de su cuello, sedas preciosas en su desordenado armario ropero, tan rico en vestuarios exóticos como el de una actriz de comedia. Y ésa parece ser la gran frustración de aquel hombre grueso y fantasioso que sufre de insomnio, que cada noche acude a Madame Rosa para que le proporcione un pupilo-pupila con que satisfacer sus fantasías onírico-eróticas.

El hombre desaparece un momento y cuando regresa a la habitación lleva en la mano un grueso falo de marfil. Es un pene erecto, un artilugio chino de líneas suaves y grandes proporciones, rematado por un redondeado glande, sin aristas, que reproduce con rigor hasta los detalles más nimios del miembro masculino como puedan ser las venas fruncidas del prepucio o el frenillo tensado. Se lo entrega, sonriendo, y cogiéndole una mano con ternura le hace un ruego.

—Penétrame.

El hombre grueso se ha desprendido del batín y queda desnudo. Sin la ropa aún resulta más gordo y ridículo. Quiere ser mujer y casi lo consigue por el volumen de sus senos de Buda que cuelgan y se estremecen bajo las caricias de sus manos suaves. Es un amasijo de carnes desbordadas por la gula, grasas que tiemblan por debajo de la piel como líquidos sinuosos, pelo que le cubre la espalda y las nalgas y pone su nota viril en esas redondeces de Rubens. Las nalgas temblorosas denotan la flaccidez que produce el ocio y la buena mesa. Se arrodilla junto a ella, se abre con la mano los glúteos y ofrece su ano de forma patética.

Antonio duda antes de actuar. Siente lástima por ese fantoche que espera a cuatro patas, como un perro, su dosis de satisfacción anal. Finalmente avanza, con el falo de marfil en la mano, y tras humedecerlo en una vasija de aceite lo entra suavemente en la cavidad del hombre.

—Más profundamente, más profundamente —le ruega con voz entrecortada, como si se deshiciera.

Hunde cuatro dedos más el artilugio en las nalgas del hombre gordo y lo oye gemir sordamente, lo mueve en su interior y lo siente jadear ruidosamente y estremecerse su corpachón de carne y grasa bajo la piel bruñida a punto de reventar. El sudor perla su carne y el semen hincha su pene oculto entre los pliegues adiposos de su vientre.

—Me matas, me matas —suspira acariciándose el miembro con ambas manos mientras Antonio-Sofía le ama con su pene de marfil.

Ella decide complacerle al máximo. En un momento determinado, tras hundir y sacar de su ano el artilugio que proporciona al hombre-víctima los más recónditos placeres, decide hundírselo del todo, y lo hace con fuerza, con brutalidad, rompiendo la resistencia de sus estrechos intestinos, provocando su alarido sordo, su caída de bruces al suelo, donde se retuerce jadeando, escupiendo sangre por la boca y el culo, durante unos instantes, vomitando insultos mientras, en vano, trata de desasirse del artilugio erótico que lo penetra por dentro hasta destrozarle.

—Me matas, maldito *ragazzo* —ruge, agonizante.

Lo abandona. Un gran charco de sangre rodea su cuerpo rechoncho de cerdito sacrificado. Aún vive. Vuelve la cabeza para mirar con ojos bovinos a su verdugo. Puede vivir, hasta que lo recoja alguien y lo lleve a un hospital, puede tardar en morir muchas horas, desangrándose por la gran herida que ha abierto el pene de marfil chino en sus entrañas.

Sofía registra la casa. Al entrar ha husmeado dinero. No encuentra dinero, pero sí un joyero. Está medio escondido bajo ropas femeninas de seda que el hombre grueso suele ponerse para acompañar sus delirios eróticos cuando decide convertirse en Madame Butterfly. Está cerrado pero Sofía está decidida a abrirlo y a expropiar su contenido y lo lanza contra el suelo, con furia. El cierre salta y por el suelo se desparraman collares, pulseras, esclavas, anillos. Los coge y los guarda en su bolso. Cuando regresa a la habitación el hombre grueso se ha arrastrado, dejando su surco de sangre por el suelo, hasta el teléfono, y ha conseguido marcar un cero, un nueve y un uno, pero Sofía no le da tiempo a hablar con nadie, arranca bruscamente el cordón, antes de que la víctima pueda comunicar con la policía, y con él en la mano rodea su cuello grueso. La víctima se debate en su propia sangre con desespero. Es un hombre fuerte, pero el líquido vital que ya ha perdido le ha debilitado de forma extraordinaria y el agudo dolor lo enloquece. Ahora es como una inmensa ballena varada en la playa a la que los cuervos vayan a destripar y sacar los ojos. O una tortuga panza arriba devorada por miles de cangrejos. Indefensión. Los brazos de Sofía se tensan mientras aprietan con fuerza el hilo del teléfono alrededor de su cuello. Evita mirarlo. No quiere ver su cara desagradable, que se torna lívida, ni sus ojos saltones, a punto de salir de sus órbitas, ni la baba espesa y sangrante que rezuma su boca abierta y corre por su pecho peludo de sirena oronda mientras el cable se incrusta en su cuello. Aprieta hasta que las manos le duelen, hasta que el silencio en la habitación es absoluto y cesan sus estremecimientos, y entonces lo suelta, y el cuerpo del hombre cae de bruces sobre su propia sangre arrastrando tras de sí el auricular telefónico. Durante la breve pelea el hombre ha perdido su bisoñé negro y una gran calva indecente recibe los rayos de la única lámpara que planea sobre el escenario del crimen. Sofía se marcha, tras vestirse, sintiéndose más sucia que si su víctima la hubiera forzado.

Sangre en las manos

Había visto a los carniceros, en los mercados, secarse las manos sucias de sangre en los mandiles. Nunca le habían gustado los mercados, le parecían antros sucios de muerte y putrefacción, y mamá desistió de llevarle consigo cuando iba a comprar la carne. Se imaginaba a los matarifes, en esos fríos y terribles campos de exterminio que son los mataderos —*Le sang des bêtes* (Franjú)—, duchándose después de la jornada, tras degollar a varios cientos de mansos corderos, para poder abrazar a sus hijos, besar los rollizos mofletes de sus esposas y disponerse, con sus pantuflas en los pies y el cuerpo arrebujado en el sillón de la salita, a visionar el culebrón del televisor. Quien era capaz, a sangre fría, de asesinar a un animal, era capaz de hacerlo con un hombre; la sensación física era similar, sobre todo si se trataba de un mamífero de sangre caliente, lo único que difería era la opción moral. Y ahora era él el carnicero, él quien llevaba la sangre encima, prendida en su mano. Mientras avanza por la calle, con el arma quemándole los testículos y la mano homicida hundida en el bolsillo del pantalón, nota la sangre de la víctima solidificarse desagradablemente sobre su piel. Lo había matado, estuvo seguro de ello en cuanto lo vio desplomarse sobre las bolsas de basura reventadas y oyó a Merche gritar como una histérica, y su muerte le había salpicado. Lo malo de la muerte, pensaba su cerebro mientras sus piernas aceleraban el paso hacia el refugio, es la imagen del muerto, que parece perseguirte, que se queja de tu acto, ese fantasma acusador que sólo te deja en paz cuando el asesinato se convierte en algo habitual. Y, en él, el asesinato no era habitual. Muertos había visto varios. Muerto había visto a su padre, muerto y transformado, terriblemente hinchado, cuando lo sacaron del agua —donde le había dado un ataque al corazón sin que nadie lo advirtiera—, gris y cubierto de algas; muerto había visto a un viejo amigo que optó por la vía de los barbitúricos antes de enfrentarse a las consecuencias de una pequeña estafa en la empresa; muerto vio su gato una mañana de un octubre, especialmente gélida, en que éste no pudo dar con la ventana abierta para volver a entrar en la casa. Pero la diferencia estribaba en que aquella muerte, generada por él, le había salpicado directamente, y que la sangre, como un estigma, había llovido sobre él mancillándole. No se debe disparar nunca a bocajarro, siempre debe hacerse a distancia, porque de este modo resulta mucho más frío, impersonal, tienes la sensación de que es el arma, no tú, quien ejecuta la acción. Pero así, con el cañón hundiéndose en esa tripa fofa de cerveza en cuyo interior la detonación retumbó, había sido horrible.

Antes de entrar mira a derecha e izquierda, y entonces hurga en sus bolsillos, da con la llave y abre la puerta del portal, que chirría pesadamente sobre sus goznes mostrándole el vestíbulo en penumbras. El ascensor le conduce a la planta séptima y otra llave abre la puerta del piso, tras la cual, tras cerrarla, se siente algo más salvo.

Limpiarse. Higiene. Entra en el cuarto de baño y observa su cara huraña, su barba crecida, el sudor petrificado en sus sienes, las arrugas y ojeras que bordean sus ojos. Mal aspecto. Mal aspecto desde hace ya bastantes años, desde que dejó muy atrás la treintena y arrugas y pequeñas verrugas se enseñorean de su piel, se repite, en voz alta, y piensa en Aschenbach, el protagonista de *Muerte en Venecia*, acudiendo a la barbería para que escondan bajo los indignos tintes su decadencia y podredumbre. Pero él no es Aschenbach, el agua que encharca el lavabo no son los canales de Venecia, ni persigue de forma enfermiza a ningún Tadzio.

Se desprende de sus ropas, procurando no mancharlas más de lo que están, arruga sus pantalones y su camisa, los introduce en una bolsa de plástico de unos grandes almacenes, se desprende de sus calzoncillos, se enjabona la cara con la brocha, se afeita con la hojilla, se corta en el mentón, —como siempre que se afeita—, y la sangre forma un lodillo rosáceo al mezclarse con la crema de afeitar. Agua fría en la cara, mucha agua fría llevándose consigo la pasta apelmazada de jabón, pelos y sangre por el sumidero del lavabo, y el aspecto visual de su rostro mejora, como si hubiera rejuvenecido o hubiera recuperado el sueño perdido de tres días atrás. Entonces, desnudo, de puntillas porque la loza de la bañera está helada, entra en la ducha, y deja correr el agua por su cuerpo, primero fría, que le estremece, luego cálida, hasta que el vapor empaña el espejo del cuarto de baño y su piel se eriza de placer. Se frota el pene, lo enjabona primorosamente, a conciencia, con violencia, con delicadeza, hasta que consigue una erección, y continúa acariciándoselo, bajo el chorro de agua cálida que le llueve encima y que lo excita más. Cierra los ojos y continúa enjabonándoselo, una y otra vez. Repasa los bordes cálidos del glande con sus dedos, tira de la piel, muy suavemente, hacia atrás, la sube, suave, la baja, así, pensando en Ada, visualizando sus nalgas redondas, los pezones rojizos de sus senos, el agujero nítido de su sexo por donde, mentalmente, entra cada vez que tira de la piel hacia atrás y emerge el glande. La folla, la está follando, se la mete una y otra vez mientras le acaricia los senos y le besa en la boca, la mordisquea en la barbilla, en el cuello, en los pechos, le pellizca las nalgas mientras gime bajo la lluvia de agua cálida y su semen se mezcla con el jabón y corre raudo a desaparecer por el sumidero.

Sale de la ducha sin secarse. Chorrea agua por el suelo, empapa el sillón en el que se sienta, tira del cordoncillo que enciende una lámpara halógena y pone algo de música. Jazz. Siempre jazz. Y es el amigo Charlie Parker, con su saxo, quien le saluda desde el estéreo. Parker y Cortázar. *Rayuela*. Fue uno de los días más tristes de su vida, el día en que supo por las noticias que la leucemia se había llevado dulcemente al amigo argentino.

Se levanta y busca algo de droga por la casa. Tiene idea de que compró el otro día, a su camello habitual de la calle Escudillers —un muchacho llamado «el Portugués», de apenas quince años pero que aparentaba veintitantos por la consumición de heroína—, unos cuantos gramos de cocaína, que los dejó en algún sitio, en la mesilla de noche, pero no, allí no está, quizás encima de la nevera, pero tampoco, ni rastro, sólo una manzana madura que coge y a la que hinca el diente y a continuación escupe asqueado por su mal sabor, por la presencia blanca de gusanos que retozan entre su pulpa corrompida, y finalmente recuerda que Phoenix la esnifó toda con su prominente nariz judía. Phoenix, que tenía tanto de estúpida como de voluminosos sus senos en forma de pelotas de béisbol que restregaba contra su boca tras desabrochar la blusa y liberarlos. «Las mujeres de senos grandes», le decía para atormentarla mientras deslizaba las manos por ellos, mientras los lamía hendiendo la lengua en sus pezones retráctiles, «suelen ser idiotas.» Y ella, arrasando toda la coca con su ancha nariz, sentada desnuda en la cama, mostrando su sexo abierto y rosáceo, dispuesto para una nueva embestida, diciendo sin problemas: «Pues me los cortaré». Maldita americana. Ni rastro de la coca. Tuvo un orgasmo pantagruélico con ella arrodillada en el suelo y con el trasero alzado lo suficiente como para que pudiera penetrarla como si fuera una perra, y sus manos sujetando sus pechos, evitando su vaivén doloroso cada vez que le hundía la verga hasta la ingle y la sacaba brillante y pegajosa de su flujo, pero ni pizca de coca ahora, ella la había esnifado toda y la que sobró se la había extendido por el interior de su sexo rojizo, para excitarse más, para excitarlo más. Se la aplicó en el glande, entre risas, una raya de coca en el motor de la vida para revitalizarlo. Phoenix era la típica muchacha americana obsesionada por la salud sexual. No le gustaba el sexo oral, ni los jugueteos previos; en cuanto conseguía empalmar a su pareja le encapuchaba la polla con un preservativo y la conducía hacia el interior de su vulva insaciable. Se tumba en la cama con la pistola en la mano. Hay que cambiar las sábanas, allí están impresos, como las palabras de un diario sexual, el semen de hace tres días, el semen que vertió en el sexo ardiente de Phoenix, el semen de la semana pasada, cuando llamó a altas horas de la noche a una profesional que le sació con esmero. Joven culta y estudiante, decía el anuncio, joven y excitante no profesional. Hotel y domicilio. Era tan profesional que sólo entrar le calzó el condón en el pene y puso en marcha el cronómetro sobre la mesilla de noche, era tan profesional que, tras desnudarse con rapidez y sin prolegómenos, le tomó del pene y lo llevó sin dilación a su sexo comenzando a moverse y a no parar hasta que él se hubo corrido contra su voluntad. Phoenix era una rubia americana puritana. Hacía el amor pero se negaba a la felación por cuestiones morales; no era natural eso de que el hombre introdujera su pene en la boca de una mujer y utilizara sus labios como vulva sexual, iba contra la ley en su país. Alarga el brazo y coge la pistola, la pasea por sus muslos, se apunta el pene, acaricia el gatillo. Si me vuelo los huevos, se dice, me vuelo a continuación la cabeza. El falo es la razón de mi existencia.

—Pero pensemos, pensemos —y se levanta de un salto de la cama, y entra en los calzoncillos limpios que saca de un armario ropero y comienza a abotonarse sobre su torso cubierto de vello rizado y oscuro una camisa blanca—. Mañana —monologa deteniéndose en el cuarto botón— puedo acudir al trabajo como si no pasara nada, sería lo mejor. Ir con frialdad al trabajo como si nada hubiera ocurrido. No despertar sospechas. Ahora es importante que yo te domine a ti, que yo, cerebro, domine sentimientos, pasiones, cobardía. Bien. —Termina de abrocharse la camisa—. O no ir más, quedarme aquí, encerrado, o en la pensión, en la pensión, coger el coche y largarme a donde sea con los diez millones. ¿A dónde? —y se castiga de forma feroz golpeándose la frente con la palma abierta de la mano, y luego entra en unos pantalones recién salidos de la tintorería, en unos zapatos medianamente nuevos. Se calza la americana, se hunde la pistola entre el pantalón y la camisa y, tras apagar el estéreo, a mitad de una canción del viejo Parker, coge la bolsa de los grandes almacenes que contiene su camisa y sus pantalones enturbiados de sangre, y sale de casa. En la calle se ha levantado un viento arremolinado que eleva por los aires las hojas caídas, que agita, en pequeñas olas, el agua estancada en los huecos de los árboles. Roberto abre un contenedor de basura y arroja dentro la bolsa de plástico que le quema las manos. Dentro de tres horas un vagabundo la cogerá y tomará prestadas sus ropas sin importarle la sangre que las mancha. ¿Qué importancia tiene la sangre entre la mierda, la orina, la mugre?

Camina rápidamente y en la primera esquina se enciende un cigarrillo, deteniéndose junto a un semáforo intermitente. Piensa en Ada y en Merche. Es capaz de hacer el amor con cualquier mujer. No ha sido muy exigente tomando a aquella sucia vagabunda, reflexiona, pero ¡diablos!, se justifica, tenía un delicioso culo, y eso era lo que importaba.

La pistola le roza los riñones. Siente frío. Se dice que ha sido un estúpido cargándose a un poli. Paco y Ada deberían ser los destinatarios de esas dos balas que ha gastado. Aún tiene cuatro mensajes de muerte en reserva. Y eso le infunde tranquilidad. Como cuando llevaba, por los pasillos del metro, una pistola con una sola bala y vigilaba para que nadie importunara a Ada y Paco mientras pintaban con spray: DICTADURA ASESINA Y ANARQUIA O MUERTE. Entonces no sabía lo fácil que era apretar el gatillo y enviar a alguien al infierno. Ahora, catorce años más tarde, ya lo sabía. Sólo que ahora estaba solo, terriblemente solo, sin ninguna revolución romántica pendiente que le sirviera de escudo moral.

Plaza Real

Cinco de la madrugada. La bruma sin deshacerse, ajironada en las Ramblas, como un espectro blancuzco que enturbia los contornos de las cosas. El mugido sordo de un barco entrando en la dársena, arrastrado por los remolcadores, grito de bestia desolada y húmeda que se abre paso lentamente por entre la niebla, como un fantasma. La lluvia fría flotando en el ambiente, detenida en el aire, como levitando, sin caer al suelo. El sonido de los despertadores más tempranos rompiendo el silencio canalla y sórdido de la noche. El aroma de las primeras cafeteras, gorgoteando hogareñas en sus fogones, infusiones negras que romperán definitivamente el sueño a quien de ellas beba.

La mujer desciende por las Ramblas. La mujer camina por el paseo central mirando absorta el suelo tapizado de papeles, barrillo, deyecciones secas de palomas. Los empleados de la limpieza urbana comienzan a enchufar sus mangueras, trazando arcos de agua. El agua a presión, rebotando contra el suelo, barre hojas de diarios que han servido de envoltorio a grasientos bocadillos, colillas apuradas de cigarrillos hasta el algodón del filtro, montones de hojas secas que han caído durante la noche arrancadas por el viento, cadáveres de palomas y gorriones torpes que han sido aplastados por los neumáticos de los coches contra el asfalto y que a él pertenecerán para siempre, como las monedas y las chapas de las botellas, émbolos de jeringuillas con las marcas aún frescas de la sangre, chicles ensalivados, espesos salivazos sanguinolentos, toda una gran y pútrida mescolanza que se desliza rápida por el curso abierto de las aceras y se precipita por las bocas hambrientas de las cloacas, el gran sumidero, hacia las repulsivas entrañas de la ciudad.

Los empleados de la limpieza le dicen algo, algún piropo soez que el rumor del agua hace inaudible, al verla pasar ante ellos; uno le apunta con su manguera, como si fuera su propio falo, al tiempo que traza su símil grosero. La muchacha no los oye, no los advierte, continúa su marcha Ramblas abajo, abriéndose paso entre los puestos de flores cerrados que huelen a tumbas rancias, y los quioscos abiertos que montan guardia con la exhibición impúdica de sus revistas pornográficas. Se cruza con un borracho que camina en amplio zig-zag, abarcando en su curvo trayecto la totalidad del paseo, como si trazara una cenefa, que la mira, al pasar junto a ella, y le dice algo, sin detenerse, como si fuera incapaz de estarse quieto y el movimiento zigzagueante fuera lo que aún le mantuviera en equilibrio; se cruza con un travestido enorme y hormonado que sangra por la nariz y gimotea tétricamente extendiendo el rímel de sus ojos por toda la cara con la puntita de un pañuelo rosa, y con una pareja de norteafricanos que caminan con las manos enlazadas y la miran amenazantes mientras se besan en la boca bajo la silueta de un plátano, bajo la mirada de un gran dragón chino de hierro forjado que emerge como una gárgola de la fachada de un antiguo bar hoy devenido banco.

Plaza Real silenciosa y dormida, bajo los soportales ahora desiertos. Algunas palomas dormitan junto a las palmeras sedientas de agua, otras ronronean de frío. Los gatos saltan por encima de las bolsas de basura destripadas. Maúllan las gatas en celo. Las sillas de las cervecerías, vacías, desoladas, encadenadas y en confusa montaña ante las puertas con el cierre echado de los establecimientos. Pero el silencio y la soledad sólo son aparentes; a medida que el ojo humano y el oído se habitúan a la atmósfera pútrida, el aire enrarecido que marca su ambiente, se descubre la vida, a las cinco de la mañana, en la, pese a todo, plaza más hermosa de la ciudad.

Una vagabunda dormita apaciblemente, envuelta en diarios, junto a una de las columnas, con el círculo pestoso de su orina marcando su territorio alrededor. Un borracho, medio en sueños, da cuenta de una olorosa botella de coñac entre vómitos y su mirada divertida la sigue un buen rato mientras llueven por su boca obscenidades travestidas por la borrachera y se abre el pantalón, anudado a su cintura con una cuerda, para extraer el miembro. Una yonki pálida y agarrotada, de cabellera revuelta que medio oculta su rostro, intenta, en la complicidad de un portal oscuro, introducir sin éxito, con pulso trémulo, la aguja hipodérmica en su muslo desnudo demasiado duro, o es quizá que la aguja está despuntada por su multiuso, farfullando enojos, chillando sordamente, como una ratita histérica a la que un humano estuviera pisando la cola. Una prostituta vieja masturba con ternura y paciencia a un adolescente negro bajo el arco de una cervecería cerrada y el semen blanco, brotando al fin de su erecto miembro oscuro y joven, discurre apacible hasta el suelo. Una mendiga vomita su borrachera entre bolsas de basura rotas por donde se escapa la putrefacción de toda la ciudad. Huele a desperdicios, a mugre, a orina, a semen, a mierda. La muchacha experimenta una arcada mientras se cubre la boca y la nariz con la mano.

Sofía entra en el portal y asciende las tortuosas escaleras en silencio. Cuenta los escalones. Cuando alcance los ochenta es que habrá llegado al rellano. La oscuridad es total y ello hace que proyecte su pie con prudencia, se agarre con ansia a la barandilla. Maldice mientras seca su mano de un salivazo prendido en la pared desconchada. Asciende entre efluvios de basuras descompuestas y retretes atascados. Alguien escucha jazz, puede oírse el ritmo lánguido de «Saratoga Swing» de Duke Ellington, mientras un aroma de marihuana se escapa inconfundible por la ranura de la puerta. Alguien hace el amor sin importarle el estruendo de los muelles de la cama ni los jadeos que en su acoplamiento produce la pareja. Cruza un segundo rellano y continúa la ascensión, hasta el tercero, y una vez allí se detiene, recupera el resuello y palpa con la mano las paredes ásperas hasta que nota la madera de una puerta y la protuberancia plástica del timbre fuera del marco.

Llama. No hay nadie, o quien haya tiene el sueño duro, tan duro como el oído. Llama y escucha el eco del timbre perdiéndose por el interior del piso, rebotando contra sus míseras paredes, y regresando de nuevo al punto de partida, desolado.

Un rumor de pisadas lentas tras la puerta, como zapatillas arrastrándose por un suelo irregular, a buen seguro sucio, las pisadas que se detienen en la zona fronteriza del rellano y una voz ronca de persona recién rescatada del sueño, que ha de aclararse tras una breve carraspera, que pregunta de forma desabrida.

—¿Quién coño es?

—Soy yo.

—¿Tú? ¿Y quién joder eres tú?

—Sofía.

Escucha un exabrupto sordo antes de que la puerta se abra bruscamente, venciendo la humedad que la hincha y la pega al vano. El hombre aparece allí, recortado en el cuadro de la entrada, bajo el claroscuro de una infecta bombilla que se balancea sobre su cabeza. Lleva puestos unos pantalones de chandal grises, sucios y rotos en las rodilleras, y exhibe desnudo su fuerte torso cubierto de vello rizado, un cuerpo antaño atlético y hermoso al que los excesos alcohólicos van hinchando y deformando. Gris es el color de su cabello también rizado, que inútilmente trata de planchar con las manos, gris es el color del ancho bigote descuidado que adorna su cara. Observa a la muchacha de hito en hito, bostezando, sin poder disimular el malhumor que le produce el que le hayan despertado a horas tan intempestivas, y cuando habla su aliento delata el coñac que ha estado trasegando durante la noche.

—¿Son horas de que vengas a hacerme una visita? ¿Qué coño de hora es? Estás loca de atar.

—¿Puedo pasar?

—Pues claro, pasa, venga.

La muchacha, al pasar por su lado, le besa en las mejillas, alzándose sobre las puntas de sus zapatos. Le roza los hombros desnudos con el extremo de los dedos mientras él gruñe cariñoso. Luego la puerta se cierra, ajustándose contra el vano hinchado por la humedad, y el hombre acompaña a la recién llegada, pasándole el brazo peludo por la cintura, empujándola, hasta la sala-comedor-dormitorio, que es la única habitación de la casa y que huele a comida mala, a orina fermentada, a transpiración de cuerpos dormidos.

Sofía recorre el estudio con la nariz fruncida. Ya ha estado otras veces y apenas encuentra variación entre la última visita y ésta, quizás un poco más de desorden. Parece el habitáculo de un pintor impresionista, un Toulousse-Lautrec o un Gauguin, por las paredes pintadas de un rojo chillón, como infamantes chorretones de sangre por las cortinas de saco sobre la única ventana, tapando la perspectiva de la palmera que se alza en el centro de la plaza. Hay una mesa de madera renegrida en el centro, antaño verde, hoy no se sabe de qué color, muebles adquiridos en los Encantes, de tercera o cuarta mano, con la historia y la mugre de generaciones ya pegadas a ellos. Y un camastro, con aspecto de que no se haya hecho nunca, ni se hayan cambiado sus sábanas, ni se hayan aireado esas mantas de cuartel a rayas pardas, y bajo la manta y la sábana, por las curvas de las mismas, se adivina un cuerpo que duerme, del que sólo emergen unos hombros desnudos, llenos de pecas, suaves y sonrosados, un cabello castaño, sucio, desgreñado, que se remonta sobre el extremo de la manta, un pie que cuelga inerte hacia el suelo, de planta callosa, como si su dueña estuviera acostumbrada a andar con él desnudo por las calles y plazas sin importarle salivazos, detritus, cristales, pie de mendigo joven hecho a las inclemencias y la insalubridad urbana. El cuerpo se remueve, nota la luz, gruñe algo mientras se oculta más en la cama. Huele a cerrado y a butano. Al butano que quema una estufa con ruedas, que hace llevadero el frío a su vera. Y a orines, que se escapan por la puerta, que no cierra, del diminuto cuarto de aseo, que muestra a la visitante el aspecto desolador de una taza de loza que nunca fue blanca, una tapa de madera comida por los hongos, y las humedades y el barrillo de su suelo formado a base de polvo centenario, agua jabonosa que cae del reducido lavabo y orina salpicada de la taza del water.

—¿Quién es? —pregunta tomando asiento junto a la mesa, señalando con la mirada a quien dormita en el catre.

—Ni idea —contesta el hombre, dejándose caer en otra silla, rascándose la cabeza, luego las axilas, por último el pecho, mientras bosteza, buscando un cigarrillo negro en un paquete casi vacío que arruga a continuación y arroja directamente al suelo, rascando luego la cerilla de cartón, prendiéndose el pitillo en la boca, arrojando la cerilla, también al suelo, tras agitarla entre sus yemas y apagarla—. La he conocido hace tres horas. Es una chiquilla. Estaba perdida por la Plaza Real. Andaba totalmente colocada y la hubieran violado todos los desalmados que corren por aquí abajo si no llega a dar conmigo. Es una cría escapada de algún orfelinato. No creo que llegue a los quince años.

—¿Qué haces?

—¿Qué hago? ¿Para eso me despiertas a las cinco de la mañana? Tiene ovarios la niña. ¿Qué hago? ¿Qué haces tú, en todo caso? —se sienta a horcajadas en la silla, apoyando los brazos sobre el respaldo, y la cabeza hirsuta de cabello sobre ellos, mirándola turbiamente a través de la cortina de humo que extiende su boca y el cigarrillo—. Pues escribo, no sé hacer otra cosa. Escribo y trabajo en ese puto bar. Estoy seguro de que lo que estoy escribiendo será un auténtico *best-seller*.

—Sí, como las otras. Cien ejemplares vendidos y todos comprados por tus amigos.

—No seas tan irónica. Las niñas de hoy sois la leche. Decís las verdades de un modo que ofende. ¡La leche!

—¿De qué va?

—¿La novela? ¿Desde cuándo te has interesado tú en lo que yo escribo? Te dediqué un libro y ni te dignaste mirarlo. De putas, es una novela de putas que transcurre en el Barrio Chino, de putas que están en crisis por el pánico del SIDA y por la competencia desleal de los travestidos, que excitan mucho más el morbo de los salidos sexuales. Una novela realista, la vida que transcurre bajo la ventana de mi casa, vamos, y que veo cuando me apetece y me asomo.

—No vende. La gente está harta de que le hablen de mierda. La gente, lo que quiere, papaíto, es que les expliques un cuento de hadas con princesas y todo eso, románticas historias de amor con adinerados personajes, como en las revistas del corazón.

—¡Tú qué coño sabes lo que vende o no vende! Y bueno, cambiando de tema. ¿Qué haces a estas horas y en estos barrios? Estás loca, chiquilla, venir a verme a las cinco de la madrugada. Se nota que eres hija de quien eres.

—No tenía sueño, paseaba.

—¿Paseabas? ¿A estas horas? Es peligroso andar por aquí, es de locos. Lo es. —La observa fijamente a través del humo, desprendiendo con el dedo meñique la ceniza del cigarrillo que cae al suelo—. ¿Cuánto tiempo hace que no ves a tu madre?

Sofía cierra los ojos, calcula mentalmente.

—Bien, ya me doy cuenta de que debe hacer años; ni te acuerdas de la última vez que la viste. No puede ser. ¡Maldita sea! Tu madre está desesperada, no sabe nada de ti, y me llama, me llama, y me llora por teléfono. Yo no la soporto. Tú ya eres mayorcita para saber lo que haces y con quién te juntas.

—¿Qué te ha dicho?

—¿Qué me ha dicho? —repite—. Pues un montón de cosas terribles. Que si te drogas, que si te ganas la vida Dios sabe cómo, que si vives con una lesbiana separada y con hijos...

—Es mi vida —le interrumpe secamente.

—Oh, claro. Es tu vida. Yo ya se lo he dicho a ella. Pero ella me echa toda la culpa a mí de toda tu mala educación. A partir de determinada edad ya no se puede controlar a los hijos, ni pijotera falta que hace, por otra parte. Sólo los imbéciles piensan que los hijos son la prolongación de sus padres. ¡Y una mierda!

—Tú eres el menos indicado para darme clases de buenas costumbres.

—Claro, por supuesto. Yo soy el menos indicado para llamarte la atención —repite apesadumbrado—. ¿Te apetece una copa?

Asiente. Tiene frío por dentro y su cuerpo agradecerá un poco de alcohol. El hombre se alza de la silla, da media vuelta, abre las portezuelas de un armarito suspendido de la pared y extrae una botella de coñac y dos vasos de dudosa limpieza, llena ambos y desliza uno por la mesa, hasta la mano de Sofía.

—¿Sigues obsesionado con marchar a Bangkok? —le pregunta con brusquedad la muchacha.

—Sí. Pero, ¿a santo de qué viene esto? Lo de Bangkok es como un sueño, una meta inalcanzable. ¿Obsesionarme? De aquella manera. Todos los paraísos, en definitiva, están aquí dentro, en la cabeza, y lo de Bangkok no es más que una ensoñación infantil.

Sofía abre su bolso y vierte sobre la mesa los billetes que contiene. El hombre mira estupefacto a la muchacha y el montón de dinero, sin dar crédito a sus ojos.

—Pero... ¿qué es esto? ¿De dónde lo has sacado?

—Cógelo. Cógelo y vete. ¿Aún guardas su dirección?

—Aún la tengo, pero ignoro si sigue allí. Han pasado demasiados años.

—Vale la pena que vayas y la busques. A lo mejor das con ella.

—Estás tan loca como yo.

—Hazlo. Tienes para el viaje de ida. El de vuelta no será necesario.

—No te entiendo.

—Deseo tu felicidad. Estoy harta de tu frustración. Siempre suspirabas por ir a Bangkok y reunirte con ella. Ahora puedes. ¿Vas a ser tan cobarde de quedarte aquí?

—Tengo miedo. Han pasado demasiados años. ¡Dios sabe cómo estará! No se acordará de mí.

—Veo que eres un cobarde.

—Puede que ya no me guste. Yo tengo aquí dentro su imagen muy fresca, pero de eso hace muchos años. —Apura la copa de coñac, se quema las yemas de los dedos con la colilla del cigarrillo, la arroja al suelo gruñendo, llevándose a continuación el dedo lastimado a la boca—. Entonces era hermosa, bellísima. Ahora puede que haya engordado, o se haya casado. Es inútil tratar de reconciliarse con el pasado.

—Inténtalo. No tienes excusa para no hacerlo.

—Y todo ese dinero, ¿qué es? ¿Cómo lo has conseguido?

—¿Qué importancia tiene? Vendiendo droga, prostituyéndome, asesinando.

—Me das miedo. Nunca sé si hablas en broma o en serio. Comenzaste a darme miedo cuando cumpliste dieciséis años y entraste en el dormitorio sorprendiéndonos a tu madre y a mí...

—No hace falta que resucites viejos fantasmas.

—Siempre has sentido celos de mis mujeres —sentenció sonriendo, cogiendo una de sus manos entre las suyas, acariciándosela.

—No me toques —dice ella, desasiéndose bruscamente de sus dedos que ya trepan por su muñeca con celeridad y se dirigen reptando a su brazo.

El grito de rechazo de Sofía despierta el cuerpo que hay en la cama. La muchacha emerge por encima de las mantas y se queda sentada, con sus senos delgados y apepinados desnudos, exhibidos sin pudor, mirándolos, tras abrir con dificultad sus párpados pegados por el sueño, a los dos de hito en hito.

—¡Hostia! ¿Quién es ésta?

—Te presento a mi hija.

—¿Tienes una hija tan mayor? —exclama sin acabar de creérselo.

—¿Acaso no se parece a mí?

—Pues me parece que no, la verdad.

La muchacha sale de la cama. No se avergüenza de exhibir su desnudez ante extraños, es como si durante toda su corta vida lo hubiera estado ejercitando. Tiene el culo redondito y suave, las caderas anchas, el vello púbico frondoso, que se extiende más allá del pubis, trepando por los muslos. Se dirige al cuarto de baño y se la oye orinar con fuerza. Luego el ruido del agua bajando de la cisterna y regando la loza del retrete. Cuando sale se acerca al hombre, le pasa los brazos delgados por el cuello y le mordisquea las orejas mientras roza con la punta de sus senos su cogote.

—Vete a Bangkok, papá —le dice Sofía, sin prestar atención a los arrumacos de la muchacha—. Lin, al menos, se encerraba en el lavabo para orinar.

Sofía se levanta. El hombre se deshace de los brazos de la muchacha, que se acicala y se peina los cabellos ante un espejo bordeado de herrumbre y luego se aproxima a la estufa de butano para calentarse las nalgas.

—*Ciao* —le dice a Sofía, levantando el brazo, mostrando su axila sin depilar, punteada por pequeñas verruguitas, sin que obtenga correspondencia a su saludo. El hombre abre la puerta de la casa y abraza a su hija. La hija siente el aliento de coñac de su padre próximo a su boca y retrocede con un gesto de desagrado. El coñac le recuerda las noches en que él llegaba a casa arrastrándose, caía en medio del pasillo exhausto y mamá, con la mano plana, le golpeaba en el cráneo, gimiendo, horrorizada a medida que crecía la violencia de sus golpes.

—¿No me vas a besar? Quizá no nos veamos más si me voy a Bangkok.

—Está bien.

Padre e hija se besan en el rellano mientras dentro, la desconocida sin nombre repasa con carmín sus pálidos labios infantiles. El hombre toma por el hombro a su hija, se aprieta contra ella y aplasta su boca sedienta contra sus labios suaves. Sofía hace palanca con sus brazos para desasirse del fuerte abrazo de su progenitor, que desearía retenerla para siempre. Le muerde el labio inferior, con saña, y el hombre la suelta maldiciendo y chupándoselo, tragando su propia sangre que en el estómago se mezclará con todo el alcohol trasegado. Sofía desciende galopando las escaleras, a ciegas, con miedo a que sus pies no atinen en los escalones y toda ella se precipita al vacío, mientras la voz de su padre, desde lo alto, le martillea.

—¡Cuídate, loba! No es bueno que andes sola por las calles a estas horas. Cuídate de los desaprensivos y vete a ver a tu madre. Dile que me he ido, que me he muerto, pero que me deje en paz, que no me dé la lata, yo ya soy mayorcito y me sé cuidar muy bien.

La puerta de un rellano se abre y un hombre de raza árabe grita una sarta de imprecaciones reclamando silencio.

—Vete a tomar por culo, moro de mierda —grita al hombre, mientras la muchacha sin nombre se le ha enroscado a las piernas y trata de bajarle los pantalones del chandal en el rellano.

Sofía cruza de nuevo la Plaza Real. Su taconeo nervioso despierta a las palomas e interrumpe el coito de dos homosexuales contra una pared. Le quema la boca, le quema la lengua a medida que recuerda la despedida en el piso, los labios cargados de coñac de su progenitor besándola.

—Te odio tanto, cabrón. No sé por qué he ido a verte, miserable, no sé por qué he ido —repite una y otra vez, sorbiéndose las lágrimas.

Camina con violencia y en sus andares felinos y bruscos sobresale su sensualidad dormida y arisca. Oscilan sus nalgas dentro de su falda, oscila su pecho bajo la blusa, y sus brazos gesticulan ferozmente cortando el aire húmedo y pegajoso de la noche.

Travesía de la noche

Ha tenido que llamar al timbre, porque el cierre del garaje estaba echado, y ha esperado a que Pascual, el vigilante nocturno, le abra, durante un tiempo que le ha parecido una verdadera eternidad. Pascual anda muy despacio, arrastrando sus zapatillas por el asfalto y más le valiera acogerse a una jubilación tranquila en vez de vigilar los coches allí encerrados.

—Buenas noches. ¿O buenos días?

Pasa por su lado sin contestar su ironía, va directamente al ascensor, pulsa el botón de la planta quinta; un minuto más tarde está fuera, en la calle, a bordo de su Ford Fiesta rojo.

Toma la calle Córcega. No hay circulación y marcha todo el rato en directa, casi a ochenta kilómetros por hora, vigilando las aceras por si a algún peatón distraído se le ocurre salir al encuentro de su automóvil. Bordea la fuente que hay en la confluencia con el Paseo de San Juan, que representa al dios Neptuno escupiendo chorros de agua sobre las conchas de las sirenas acomodadas a su entorno, prosigue por Córcega y gira por Pau Claris en el preciso momento en que un grupo de gente bien trajeada sale gritando alegremente de un bingo próximo. El semáforo en rojo de la Diagonal le detiene unos segundos, aprovecha el intervalo para encenderse un cigarrillo. Lanza la cerilla quemada por la ventanilla abierta. Sube el cristal, tiene frío. Deja la pistola en la guantera del coche, metida entre el pantalón y el estómago le molesta, se le clava la mira en la carne. Arranca cuando el semáforo de la Diagonal se torna verde. Sobrepasa la entrada trasera de la tienda Vinçon, tuerce por la calle Provenza y se detiene nuevamente en la confluencia con el Paseo de Gracia. Los segundos de espera le permiten echar un vistazo a la Pedrera de Gaudí, a sus operaciones de estética que están dejando al descubierto sus piedras aquejadas por un mal negro que las corroe como un extraño cáncer sin que ello sea óbice para que unos japoneses noctámbulos la fotografíen insaciablemente con sus cámaras. Arranca bruscamente, haciendo carreras con un Wolksvagen Golf conducido por un hombre de mediana edad, completamente calvo, que termina sobrepasándole; pone el intermitente de la derecha, reduce a segunda, tuerce por la Rambla de Cataluña y desciende a toda velocidad por ella, cogiendo todos los semáforos en verde, hasta la Plaza de Cataluña, se desvía hasta llegar a Balmes y toma luego la calle Vergara, y desde allí, como una exhalación, baja por las Ramblas, tuerce por la calle San Pablo y aparca el coche en un hueco pequeño que hay entre un viejo Seiscientos con aspecto de haber sido abandonado en la vía pública —le han arrancado las llantas, le han destrozado el parabrisas y en su interior yacen los cristales rotos y papeles arrugados—, y un no menos antiguo Renault 8.

No está el portero de noche de la pensión, por lo que se felicita, y sube a galope las escaleras sin miedo a caerse. Encuentra en la oscuridad la puerta de su habitación y la abre con la sangre alterada en sus arterias. Tras cerrar mira bajo de la cama y comprueba la presencia de la maleta. No fiándose de las apariencias, la saca de debajo de la cama, la pone encima y la abre liberando al mismo tiempo los dos cierres que la sellan. No falta nada, allí está todo el dinero, los veinte fajos de billetes de cinco mil pesetas usados. La cierra y se abraza a ella. No va a ir a trabajar, no tiene por qué hacerlo, cogerá el coche y se irá al sur, a Alicante, a un sitio soleado y seco, se pateará todo el dinero, quizá le dure, si lo administra más o menos bien, de tres a cuatro años, depende, y en ese tiempo habrá encontrado otro empleo.

—Eres un optimista —dice Roberto a Roberto, a media voz, acariciándose la barbilla.

Tiene sueño y tiene hambre. Se tumba en la cama. La colcha tiene una textura desagradable, está como apelmazada de sucia que se encuentra. Esta pensión no es para mí, se dice, y mira el cielo de la habitación, que debiera ser blanco y no lo es, porque la pintura está muy amarillenta de humo. Antes que él, cientos de viajeros solitarios con extrañas historias que ocultar se han tumbado con los zapatos puestos, han mirado indolentemente al techo y han escupido el humo de sus cigarrillos.

Quiere descansar, quiere relajarse, pero ella acude de nuevo a su cerebro. Ada, vampirizándolo. ¿Qué hará? Aún debe de estar follando con Paco, seguro que sí; aún, si va al sótano, los encontrará jodiendo como perros, seguro que sí. ¿Y si va? ¿Los matará? Matarlos es una solución inteligente; matarlos es eliminar dos posibles riesgos, dos bocas que en un momento determinado, bajo presiones, pueden hablar e involucrarlo en el atraco; matar supone hacerse con diez millones más, y diez millones suponen tres años más de tranquilidad bajo el sol tibio de Alicante.

*

Tiene diecinueve años y en teoría es estudiante. Es estudiante porque ha pagado una matrícula, mentira, la han pagado sus padres, a veces se pierde en alguna clase, lo más normal es que frecuente el concurrido bar de la universidad regentado por Pepe, se tome una cerveza con «el Cazalla» y participe activamente, eso sí, en todas las algaradas que se formen. Antes que estudiantes son revolucionarios. Lo dicen sus melenas largas, su barba de días, los tabardos de marinero con que se visten, que constituyen su uniforme. Y entre batalla y batalla campal contra los grises pueden darse el gusto del reposo del guerrero.

La orgía a la que ha sido invitado se desarrolla en la casa de un pijo, un niño de papá que se autoproclama ácrata mientras su padre se forra en su notaría del Paseo de Gracia escriturando propiedades. Papá y mamá no están y la criada, que es filipina, no va a decir nada, por la cuenta que le trae. Ellos son cuatro y allí hay dos chicas bien dispuestas, pero una de ellas se indispone al primer polvo, le entran mareos y queda fuera de juego, amorrada a la taza del water, vomitando. «Estará embarazada», comenta uno de los tipos con estudiada crueldad. Mezclan alcohol, anfetas, algo de yerba y escuchan música de los King Crimson y Pink Floyd. Cuando él entra en el dormitorio, tras deambular por la casa, olisquear los libros que se asientan pesadamente en los anaqueles y comprobar el valor de los originales de la pinacoteca familiar, ella está ocupada en la cama con dosel. Alguien, no lo distingue bien pues está de espaldas, mueve el culo encima de ella, y a los pies del lecho hay otro tipo que se la acaba de tirar y se observa el pene saciado con evidente narcisismo, limpiándoselo con la punta de una sábana. Siempre fue promiscua Ada, desde el principio. El tipo que está sobre ella sale, muy satisfecho, y entonces Ada repara en él y le invita con una pícara sonrisa separando sus deliciosos muslos. Se desnuda, y desnudándose y mirándola se excita y sufre una fuerte erección que ella, desde el lecho, contempla con arrobo. Es bonita, muy bonita para ser pelirroja, tiene los pechos bien cincelados; piensa, mientras se tiende sobre ella, los acaricia y comprueba que guardan el calor de las otras manos que los han tocado y excitado, y los muslos son de una suavidad aterciopelada, sinuosamente húmedos, pegajosos, piensa, mientras se adentra en su sexo bordeado de suave vello rojo con decisión, pasando entonces las manos por debajo de sus nalgas. La besa, la besa mucho mientras la penetra hasta el cielo de su sexo. Y ella, a mitad de coito, le pregunta si le está gustando el polvo. ¡Vaya pregunta! ¿Acaso su pene vibrando en su interior no es síntoma de que le está gustando una barbaridad? «¿Y quién eres?» «Nací el mismo año en que Wittgenstein expiraba», le dice, y nota que su frase da en el clavo, que la deja profundamente impresionada. La folla bien, muy bien, porque antes se ha bebido un par de cervezas, y su pene entra una y otra vez en su vulva lubrificada, y ella tiene un orgasmo detrás de otro, solloza como si le estuvieran haciendo daño, hasta que él ya no puede aguantar más tiempo, le sobreexcita el placer que proporciona, el cuerpo delicioso que se aprieta contra el suyo amoldándose tanto que él y ella parecen uno solo, y tiene su orgasmo y la inunda de lefa, se deja ir en su interior carnoso y sella el coito con un beso largo en los labios, abriéndose paso con su lengua entre sus dientes blancos, explorando su paladar perfumado de tabaco.

—Mañana vienes, mañana nos vemos. Me gustas —dice con voz ronca, besándole el pene—. ¡Guapo! Y me explicas quién era ese Wittgenstein.

Promiscua. Siempre fue promiscua. Y es que todas las chicas entonces lo eran, casi por obligación. Sexo libre. Y sexo libre era que una chica no podía negarse a la proposición de un chico si no quería arriesgarse a ser calificada de reaccionaria. Y sexo libre era yacer con un chico detrás de otro y no ligarse sexualmente a ninguno, estar siempre receptiva a los penes revolucionarios que desearan desahogarse. Acababan de inventar la Revolución Sexual, la única, a fin de cuentas, que consiguieron hacer.

No se esperaba su llamada. No reconoce su voz. Se ha hecho aún más ronca, pero conserva su inflexión sexual. Ha de decirle quién es para que la reconozca, Ada. Se excita hablando por teléfono. Han pasado desde entonces muchas cosas. El tiene un trabajo decente, ella ha desaparecido hace más de diez años de su vida. Y ahora, otra vez, Ada, sugerente y misteriosa, concertando una cita con él, y él acudiendo, mansamente, hechizado por el recuerdo de su encanto, como si los años no hubieran pasado y la historia no existiera o fuera un simple paréntesis que pudiera ser eliminado impunemente.

La encuentra más rolliza, más blanda, los senos más grandes, las nalgas más excitantes. Los labios le saben a alcohol. Le gusta su vulva, le gusta besarla, hundir su lengua en ella explorándola, una y otra vez, y ella la restriega contra su cara como una gata ronroneante; le gusta el sabor de su carne, y la paladea toda, con lentitud, desde las axilas al vientre, desde los muslos a las nalgas, y se detiene en sus pezones, que lame una y otra vez mientras comprime los senos con las manos y lamiéndolos provoca su primer orgasmo y él se excita tanto con su goce que eyacula sobre su vientre.

Luego el ritual del vaso de whisky, y mientras él bebe ella se hace con su pene, juguetonamente, lo estimula a lengüetazos, le hace una felación tragándolo con dulzura en su boca-vulva, rozándole los muslos con las puntas erizadas de sus senos, provocándole una eyaculación tan lenta como placentera. Expulsa su lefa sin violencia, adentrándose en la garganta de ella, acariciando los lóbulos de sus orejas. Luego se siente exprimido, dolorido, inerme, con sus muslos abiertos y rendidos, y la cabeza suave de ella entre ellos, proporcionándole placer incesante. Tiene el miembro envuelto en babas y el frenillo le escuece.

Le gusta amarla. Le gusta amarla y hacerle daño. Está muy borracho cuando la sodomiza. De-

seaba follarla, que ella pusiera sus piernas sobre sus hombros y ofreciera su delicioso agujerito a la lubricidad de su pene, pero ella se niega, le dice que este mes no se toma la pastilla y se vuelve de espaldas ofreciéndole sus nalgas. Ella solloza cuando él entra. «Me duele», gime, «pero sigue», le dice a continuación, mesándose los senos, mordiéndose los labios. Y él sigue, y sigue, y sigue, hundiéndole el miembro hasta las entrañas, una y otra vez, hasta que explota y la rocía de esperma, y el esperma florece y le baña los glúteos redondos que se estremecen de placer ante su cálida humedad.

—¿Te gusta que te den por culo ahora? Antes lo aborrecías.

—Cuando descanso de las píldoras, sí. Me gusta bastante más follar, pero a ti te da igual, o casi, corrígeme si no es verdad. Te gusta más hacerlo como los griegos.

Se hace el silencio. Durante el silencio Ada lía un cigarrillo de marihuana, humedece el papel de fumar con la lengua y lo pega.

—¿Qué haces? ¿A qué te has dedicado durante todos estos años? —le pregunta por fin Roberto, cubriéndose con la sábana, mientras ella aún retoza encima suyo, acomoda sus senos a las palmas abiertas de sus manos que se cierran sobre ellos, aprisionándolos, y luego los besa con unción.

—Queremos proponerte un plan.

—¿Queremos? ¿Quién?

—Paco y yo.

—¿Todavía estás con Paco? —casi grita.

—Estoy contigo. ¿Aún lo dudas? Y me voy a quedar contigo. Me gustas, me gustas un montón. Ya no me acordaba de tu gran polla.

Se pone rojo. Siempre experimenta vergüenza cuando una chica desinhibida habla de su miembro. Y ella lo hace mientras lo acaricia con verdadero amor, haciéndolo crecer por debajo de las sábanas como un fantasma.

—¿Quieres conocer el plan?

—No sé.

—Volvemos a actuar —dice triunfante, iluminándosele la cara con una sonrisa de oreja a oreja—. Desenterramos el hacha de guerra diez años después, pero ya no hay revoluciones colectivas, ahora sólo existe la revolución individual, nosotros, ¿lo entiendes?, nosotros.

—No entiendo nada.

—Veinte millones. Y un par de pipas, pipas nuevas.

—¿Por qué yo?

—Porque te conocemos, porque sabemos que no vas a retroceder, porque sabes disparar.

—Sí, contra latas de cerveza vacías sobre ramas de árboles.

—No hará falta disparar un tiro. Es muy fácil. Paco quiere ultimar contigo los planes.

—¿Y tú eres el cebo que ha puesto en su anzuelo para pescarme?

—Yo soy una tía enamorada de ti y tus circunstancias.

Y hace aflorar sus circunstancias de debajo de la sábana.

*

Se levanta y tose, mientras recorre a grandes zancadas la habitación.

—Valiente puta. Valiente cabronazo. ¿Por qué no veinte millones? Los dos fuera, ¡bang bang!, y yo todo el dinero. ¡Bang bang!

Esgrime su pistola. Había odiado las pistolas, las había odiado hasta que tuvo una en sus manos y empezó a sentir su extraña fascinación. La pistola le hacía ser Dios. Lo entendió entonces. Bastaba con apretar o no apretar el gatillo del arma contra un hombre para matarlo o dejarlo vivir, así de fácil. Y lo difícil, la prueba de fuego, era la primera vez, porque una vez que ya lo habías hecho, en cuanto te acostumbrabas a ello, a la explosión, a la sangre, a la mueca de la muerte de la víctima, los demás morían con facilidad.

Se enfrenta a su imagen en el espejo. Bang bang.

Sexo negro

Sofía camina cabizbaja bajo los soportales. Ha dado una vuelta completa alrededor de la Plaza Real, y da otra, ensimismada, mirándose las puntas de sus zapatos de tacón hollando la mugre del suelo. Hasta que no queda nadie, el silencio es total, el aire se detiene y las ramas de la palmera dejan de cimbrearse, como si la bailarina estuviera ya cansada. Unos gatos escarban con sus pezuñas en bolsas de basura abiertas, silenciosos, con sus patas acolchadas hozando entre los desperdicios, separando los papeles de las colas de pescado rancias, las latas y las medias agujereadas de los restos de carne reseca prendidos sobre algún muslo de pollo, royéndolos en sigilo, siempre acechantes, siempre en guardia, mirando a derecha e izquierda con sus ojos redondos como faros. Y la fina lluvia comienza a caer de nuevo, como si el vientre del cielo se destripara con lentitud sobre la ciudad, herido por millones de alfileres, y sus fluidos se mezclaran con toda la suciedad de allí abajo, apelmazándolo todo.

Sofía se detiene un instante. Le ha parecido oír un ligero rumor tras ella. Continúa andando, una vuelta más alrededor de la plaza, a la que le parece atar una extraña fascinación. Tiene la sensación de que otras pisadas, más cautelosas, se suman con precisión al rumor de sus pasos, siente incluso el movimiento del aire a sus espaldas y el latigazo del escalofrío le sacude con violencia la columna vertebral, dejándola sin respiración, retorciéndole las tripas. Y la mano que la coge con violencia de la muñeca, tirando de toda ella hacia atrás, presionándola con saña, como la garra de una bestia salvaje, le confirma la certeza de todos sus temores.

Se vuelve mientras la sangre afluye a borbotones a su cuello y un sudor helado humedece sus axilas, pese al frío reinante. A la incierta y titilante luz de neón que gravita sobre ella, —el anuncio de una pensión de ínfima categoría—, distingue a su agresor. Es un hombre de raza negra, corpulento, de rasgos aplastados, lindantes con el bestialismo, cuyos ojos inyectados en sangre parecen devorarla con voracidad. Todo él desprende un fuerte olor animal, una mezcla de sudor, copas mal digeridas, y semen coagulado. Proyecta hacia delante su ancha boca al mismo tiempo que hunde su manaza libre en el bolsillo de su tejano harapiento y abre una navaja que brilla tétricamente bajo el neón.

—Si das un grito, te degüello. Ven.

La arrastra con fuerza hacia uno de los portales, apoyando la punta de la navaja en el cuello de la muchacha. La muchacha pierde, durante su forzado traslado, un zapato. Su protesta por el hecho, su ruego para que le deje recuperarlo, caen en saco roto. Y la arrincona en la oscuridad, junto a los destartalados y herrumbrosos buzones por cuyas ranuras asoman montones y montones de papeles de propaganda que nunca será leída, desbordando desde hace mucho tiempo su capacidad. No lo ve entonces, pero lo nota, siente el tacto de sus manos rudas palpándole con violencia sus formas bajo el vestido, presionando sus senos, como si intentara exprimirlos, y luego deslizándose rápidas hacia sus nalgas, con idéntica brutalidad, discurriendo por sus muslos, hacia arriba, hasta hundirse en su sexo, y la hoja de la navaja, abierta en una de sus manos, planea peligrosamente sobre su carne, amenazando con cortarla. Sofía, contra su voluntad, se humedece, entre suspiros. Es tanto el deseo que capta en aquella bestia que su lubricidad le colma de excitación.

—¿Quieres violarme? —le pregunta.

—Sí —afirma el futuro violador, sorprendido.

—Pues aparta tu navaja y comienza a follarme. Venga, cabrón —ruge Sofía, riéndose de sí misma—. Méteme tu maldita y negra polla hasta el fondo y demuéstrame lo que sois capaces de hacer los negros con las blancas.

Sofía se excita con el pensamiento. Cierra los ojos y hace un viaje doscientos años atrás, seis mil kilómetros hacia el oeste, tras cruzar el Gran Charco. Está en una plantación sureña de algodón, una noche de calor sofocante; ha salido al porche porque no podía estarse en su lecho, bajo el velo del mosquitero, y se ha abierto la blusa, regalando a la luna sus senos húmedos de pegajoso sudor, aspirando el aire con voluptuosidad. El fiel esclavo negro la mira como una fiera sedienta, surge de la oscuridad y se le echa encima, rugiendo de deseo. Ella se deja hacer, se deja desnudar, se deja penetrar por su pene ansioso y mueve sus caderas para hacer más terrible su placer. Siente su boca en sus senos, tironeando de sus sonrosados pezones, siente sus manos oscuras y callosas recorriendo su vientre, acariciando la raja húmeda de su sexo por donde la verga entra y sale incansable. Se recrea en el coito del esclavo, que cumple su sueño prohibido más deseado, amar a la mujer blanca, violar su sexo imaginado a lo largo de noches y más noches en la cabaña, mirando las estrellas fugaces cruzar el firmamento, o mientras ama el cuerpo negro de su esposa, de pechos y vientre dados de sí por sucesivos partos y lactancias, no tan puro, no tan aterciopelado como este que gime bajo su vientre cuando recibe sus descargas de semen.

Sofía alza los párpados. Sus ojos ya se han acostumbrado a la oscuridad. El violador ha hecho caso de su consejo y ha guardado su navaja para acariciarla mejor, con las dos manos. La mira de hito en hito, como si no estuviera muy seguro del papel exacto que está jugando. Para él sería mucho más fácil que ella se resistiera, que le mordiera, que le pateara los genitales; entonces la inmovilizaría, la dejaría sin sentido de un fuerte golpe en la nuca y follaría su cuerpo inerte sobre el suelo frío del portal. No es así. La mujer sonríe, mostrando sus labios, que su lengua recorre de punta a punta, burlones e incitadores. Una expresión de estupidez, de no entender nada, se apodera del rostro del violador. La muchacha se desprende de su cazadora, se desabotona la blusa, abre el sujetador, deja sueltos sus senos, que inmediatamente son oprimidos por las manos del hombre negro que gime por el placer que le proporciona su solo tacto, la rugosidad de los pezones grandes emergiendo entre sus yemas negras, experimentando una fuerte erección que se marca provocadora en la entrepierna del gastado tejano, amenazando romperlo. La caricia, por su brutalidad, gusta y duele a Sofía. Y entonces siente la boca húmeda del violador sobre sus senos, la baba envolviéndolos, sorbiéndolos como si de los frutos de la hembra esperara ver brotar un delicioso néctar.

—Bésame, sucio negro —ordena con dejo cruel.

El hombre negro obedece y Sofía se retuerce al mismo tiempo de placer y asco. Es demasiado fuerte su aliento, hay demasiado alcohol y comida maloliente macerándose en su estómago. Los anchos labios del hombre se aplastan contra los suyos, su lengua la penetra hasta la garganta, una y otra vez, con el vaivén insensato de un pene, mientras sus manos se deslizan por su espalda, presionan sus nalgas, se plegan sobre sus bragas de encaje negras y las deslizan bruscamente hasta los tobillos.

—Entra. Entra y muévete. Entra ya. Quiero sentirte, me muero de ganas por sentirte —le dice entre sofocos, mordisqueando el lóbulo de su oreja, chupándolo, chupando también el grueso aro de plata que en ella lleva prendido, mientras que con las diestra tantea sus genitales hinchados.

El violador está sumamente desconcertado. Aquella mujer extraña ha trastocado su rol. De atacante sexual ha pasado a ser sumiso siervo erótico. Brama como un toro en celo. La desea. Desea hundir su polla inhiesta en cada uno de los deliciosos orificios de la mujer blanca que se le ofrece desnuda en el portal, que le provoca con sus procacidades en el oído. Se desabrocha los pantalones, se baja los calzoncillos y su gran miembro negro, curvado hacia arriba por la potente erección que hace presa en él, emerge entre sus fuertes piernas como un tallo de ébano, y con un rugido infernal lo hunde entre los muslos de la muchacha, hasta el fondo, manteniéndola en vilo durante unos instantes.

El dolor de la penetración desaparece pronto para dar paso a un placer enervante. El sexo de Sofía se cierra, como una membrana elástica, alrededor del falo del violador negro. No va a dejarlo huir hasta que no la sacie de su ardor vaginal. El hombre la penetra con movimientos rítmicos, oscilando su pelvis contra el vientre de la mujer. La mujer, sollozando, rasga la piel brillante de los glúteos de su amante, carnosos y redondos como los de una mujer, bordea su ano con sus uñas. El hombre la penetra tan profundamente que da la sensación de que la está ensartando con una lanza y de un momento a otro la atravesará y la dejará clavada en la pared, como un trofeo, junto a los desvencijados buzones. El violento y rápido mete-y-saca los hace resollar al unísono, boqueando, como si les faltara la respiración.

El placer sórdido que obtiene Sofía durante el coito es directamente proporcional a la repugnancia física que siente por su amante ocasional. El asco a su aliento, a sus manos sucias, a la brutalidad de su inmenso miembro encabritado en sus entrañas, se traduce en oleadas de placer que parecen conducirla irremediablemente a un abismo de sentidos. Se encarama sobre las caderas en movimiento del hombre, las comprime cercándolas con sus muslos, cruza sus pies sobre las vértebras para facilitar más la penetración, para ahondar hasta límites prohibidos el pene torturador en sus entrañas, y termina colocándolos sobre los hombros, arqueándose como una mujer elástica, pegando sus senos erizados de placer a la boca del hombre, hasta adquirir en vilo una posición fetal. El miembro llega hasta lugares recónditos de su anatomía a los que nadie había llegado hasta aquel momento, es como la ceremonia de un gran desvirgamiento, dolorosa y placentera a partes iguales. Goza con las entrañas. Y apremia al semental para que no cese, lo espolea con sus tobillos, presionando sus riñones, pellizca su pecho bañado en un mar de sudor espeso. No desea un segundo de descanso, y el hombre goza en su tarea como un energúmeno, dispuesto a entregar su corazón en el acto. Sofía hunde sus dedos armados de largas uñas en su cabello crespo, mordisquea, hasta sentir la sangre, su boca ancha, la bebe, restriega su lengua por su aplastada nariz. Alcanza su primer orgasmo mientras se siente desgarrada por dentro y la vulva le escuece, y luego viene otro, y otro, en oleadas sucesivas, que la estremecen, que son como latigazos sórdidos que la vencen irremediablemente en brazos de aquella bestia. Sí, es una bestia, se da cuenta de ello, y se moja de placer hasta los muslos con el pensamiento. Ella es la exploradora perdida en la selva, y el negrazo potente es King-Kong que la penetra con su verga sedienta. Ser violada por King-Kong, sentirlo hirviendo en sus entrañas, desflorándola. «Fóllame, negro. Empápame.» Le ha arañado con tanta vehemencia la espalda que le ha destrozado la sucia camisa que lleva abierta sobre los hombros, que ha abierto surcos rojizos en la piel negra, y continúa su tortura, como si deseara desollarlo vivo sin que él, embargado por tanto gozo, sienta el más mínimo dolor. Y entonces se detiene, en seco, de repente, y Sofía lo siente llegar impetuoso. La verga se hincha de sangre, se dilata más en su sexo, y luego siente su palpitar dentro, como latidos potentes de un corazón que bombea primero la sangre y luego el esperma. El semen fluye del miembro del hombre de forma violenta primero, estallando en su punta, rebotando contra las paredes de la vagina de la mujer, fluyendo luego como un río cálido y espeso que colma la cavidad de placer. A Sofía le repugna sentir el semen extraño en su interior, que ahora es suyo, un semen no querido; pero esa repugnancia, que ha presidido todo el coito desde el principio, es la que la ha llevado a las cimas más altas de su orgasmo, y le ruega, jadeando, que la llene más, que la llene hasta que el semen se desborde de su vulva y corra por sus muslos encendidos. El negro brama, como un toro herido, mientras continúa derramando lefa en la hendidura golosa de la mujer. El negro se mueve ya dentro del océano cálido y oleoso de su propio semen, y así sigue, hasta, extenuado, separarse de ella y apoyarse, con el corazón alborotado, en la pared, junto a la amante, ya en pie, saciada y repleta.

Sofía se arrodilla y coge el miembro exangüe del hombre entre sus manos con repentino cariño. Odia al hombre pero ama al pene que le ha proporcionado tan bestial placer. Gotas de lefa supura aún su negro glande, hinchado y brillante, cuando lo toma entre sus labios y en el interior de la boca, en el paladar, comienza a azotarlo con la lengua. Lo siente crecer junto a su garganta, tras la caricia bucal. Alarga los brazos, trepa por el vientre sudoroso del negro, húmedo también de esperma, hasta su torso, sin soltar la presa de la boca, le pellizca con fuerza las tetillas y la excitación se traduce en una mayor dureza del miembro que descansa en su paladar. Y entonces la mujer comienza a moverse, comienza a mover su cabeza sobre el miembro, aproximándose y alejándose, tragándolo o escupiéndolo, una oscilación placentera, chupándolo en toda su longitud, ensalivándolo, mordisqueando el tensado frenillo que sujeta el prepucio doblado sobre el glande a punto de estallar nuevamente. Y es ella la que se mueve, porque él está quieto, pálido, apoyado contra la pared, exhausto, mientras ella se autoacaricia el sexo abierto y húmedo con sus dedos largos, buscándose el clítoris con precisión, pellizcándoselo. El pene del hombre comienza a derramarse en la boca de la mujer, la mujer se alza, besa al hombre en la boca, le pasa su propio semen a la garganta durante el beso, abriendo los labios del negro que se separan ya sin fuerza, y guía con sus manos el miembro cansado del amante hasta su vagina, lo acomoda en ella, se mueve, se mueve ella sobre él con precisión, cerrando sus muslos, hasta que el pene escancia su lefa cálida, ya sin pasión, simplemente la deja marchar toda ella, secándose para siempre.

Sofía se aparta y se limpia el sexo con jirones de su camisa ensangrentada. El negro, de piel ahora lívida, resbala ahora contra la pared, las piernas flaqueándole, hasta quedar tendido en el suelo. Su pene, inmenso todavía, se debate entre sus muslos, con espasmos breves, borboteando, manchando su vientre de lefa, moviéndose, contrayéndose a medida que expele el néctar blanco del placer. Sofía se abate sobre él, lo lame, una y otra vez, absorbe su semen como si fuera licor exquisito y tuviera auténtica sed de él. Le provoca una postrer erección, girando con la lengua alrededor del glande, besando los puntos más excitables del bálano. Sólo el pene parece responder al estímulo sexual, el hombre permanece inmóvil, ajeno a él, el trasero desnudo contra el frío suelo del portal, como si su miembro viril hubiera cobrado una total autonomía, y todo él se vence en el suelo, enorme, como una gran bestia dormida, con la ropa desgarrada, la sangre manando de sus tetillas y de su espalda, los pantalones bajados abrazándole los tobillos, y besa con su boca gruesa el polvo y el barro del suelo, y así se queda, besando la tierra, como en un gesto de suprema pleitesía ante el gigantesco vientre inasible del mundo. El pene estalla definitivamente entre sus labios, los inunda de líquido espeso mientras Sofía se llena nuevamente de flujo y solloza placenteramente, y luego decrece rápidamente, queda totalmente exangüe, muerto.

Mujer de amor venal

Tras cuatro vueltas sobre la cama comprende que no puede dormir. Y se levanta. Se levanta con la cara sucia, y por ello va automáticamente al lavabo, abre el grifo, deja correr un rato el agua, como si temiera que al principio salga turbia, y luego cierra las palmas de las manos, formando un casi hermético cuenco, y se arroja el agua fría a la cara. ¡Bru!, se estremece.

Baja a oscuras las escaleras de la pensión, con la maleta bajo el brazo, atraviesa el vestíbulo, sale a la calle cuando se extiende por ella un aroma suave a ensaimadas aceitosas que deben de estar cociéndose en un horno próximo, pero ya hace tantas horas que no se mete nada en el estómago que ha dejado de tener hambre, es más, la imagen de algún alimento apetitoso no hace más que provocarle náuseas intensas.

Circula por la calle San Pablo, hasta las Ramblas, está a punto de detenerse en el sex-shop, pero recuerda que ya ha estado allí, y sigue hasta el final, bordeando el monumento a Colón, pasando por delante del edificio del Gobierno Militar donde un par de centinelas con cascos blancos montan guardia paseando arriba y abajo de la gran puerta, claveteando el asfalto con sus pesadas botas, para espantar el frío.

Deja el coche frente al restaurante Amaya. Se cerciora de que lo deja bien cerrado. Es arriesgado dejar diez millones en el maletero, pero también es arriesgado dejarlos debajo de la cama de la pensión, y más aún caminar a esas horas de la noche con la maleta bajo el brazo. Es arriesgado alquilar una puta en esa zona, pero tal como están las cosas es tan arriesgado hacer el amor con una desconocida como con una profesional, bueno, hasta con una conocida: basta con que la conocida sea promiscua para que te transmita el mal. El mal, el mal, todo el mundo habla del mal, todos los periódicos hablan del mal, pero él no conoce a nadie al que le haya tocado esa lotería. Y las repasa. No hay mucha variedad. No iba de putas desde el 72. En el 72 fue por probar, por curiosidad científica, no quería morirse sin hacer uso del sexo venal, como un acto de cultura, con una mujer bastante mayor que se estuvo riendo de su inexperiencia y de sus dificultades para conseguir una erección normal. Y ahora iba a hacerlo para recordar. Las Ramblas, el Chino, la Barcelona cutre de Jean Genet. No sabe por cuál de las prostitutas decidirse. Una está bastante entrada en años, luce magníficas patas de gallo alrededor de los ojos, la otra está muy entrada en carnes, y hay una tercera que parece una doncella virginal, con cara de tonta y senos muy redondeados que aparecen desarropados del sujetador y fruncidos bajo la camiseta azul que lleva ceñida al torso como una segunda piel. La elige. La coge por el brazo y sube con ella por las escaleras de la pensión. Una mujer le grita que pague la habitación, cuando casi llega al primer rellano, y él baja y paga para que aquella bruja calle.

—¿Cómo te llamas?

—Paqui.

Paqui tiene una cavidad sexual pequeña, lo que denota que no es muy vieja en el oficio, y huellas de algunos pinchazos en los muslos, lo que explica la razón última de su actividad. Paqui tiene los senos grandes y maleables, de una textura suave, y se excita, pero de verdad, no profesionalmente, cuando se los acaricia. Es de aquellas mujeres que tienen senos hipersensibles, que son capaces de alcanzar sucesivos orgasmos con sólo presionar sus pezones un buen rato. Paqui tiene unos labios suaves y bonitos y un culo limpio. Es una lástima que Paqui haga la calle. No se corre en su garganta, pese a que se muere de ganas por hacerlo, ni se corre en su ano, pese a que el movimiento de sus nalgas absorbiendo su pene en el espejo de la habitación le excita en gran manera. Se corre en su sexo mientras busca su boca, que ella no rechaza. Se corre mientras la colma de caricias suaves que la dejan complacida y extrañada. Y continúa acariciándola una vez que ha conseguido su orgasmo. Le encanta seguir el contorno de su cuerpo desnudo, de los pies, aunque al tocarle los pies le haga cosquillas, hasta las axilas velludas, le encanta besarla en la barbilla, en la nariz y entre los muslos, junto a los moretones de los pinchazos. Está tan entusiasmado que por un momento se olvida del factor tiempo, del factor puta, y es Paqui quien le vuelve a la cruda realidad indicándole el despertador que suena a su lado marcando los quince minutos reglamentarios.

—Tienes que pagar más si te estás otros quince.

—Pagaré más.

Le da pereza vestirse y marchar de allí. Y le gusta el contacto de su carne joven escogida entre la basura.

—¿Cuántos hoy?

—Doce.

Se estremece al escuchar la respuesta. Es una cifra sórdida que le provoca un vivo picazón en la punta del pene. Se incorpora y se acerca a la ventana. El cristal está sucio pero le permite ver su Ford Fiesta aparcado en la acera del paseo. Se acerca a la palangana y orina. Le gusta la imagen de su pene orinando, le gusta hasta su estruendo. Menneken Piss y una noche loca por Bruselas de la mano de Ada mientras esperaban que el tren para Amsterdam fuera colocado en el andén a las seis de la madrugada, y ellos deambulando por la ciudad mágica, como fantasmas, seguidos de cerca por el patrullero de la policía que observaba su paseo nocturno entre la bruma y tantos siglos de serena belleza histórica en sus monumentos. Ada y él, detenidos en la Grand Place, en la fuente del Menneken Piss, a las dos, a las tres, a las cuatro de la madrugada, hasta la hora en que salía el tren que les llevaría hasta Amsterdam.

—¿Qué quieres hacer?

—Nada.

No hacer nada es para ellas más violento que cualquier otra cosa. Lo más cómodo es satisfacer a un cliente, abrir los muslos y alojarlo entre ellos hasta vaciarlo. Pero estar con un cliente sin decir nada, o dándole conversación, les resulta mucho más molesto y cansado, es algo para lo que no están capacitadas, y por ello pretenden otro tipo de sexualidad.

—¿Quieres que te dé un beso negro?

Mueve la cabeza. No quiere besos negros ni lluvias doradas ni griegos ni thailandeses ni nada. Quiere permanecer allí sentado, en el borde de la cama, fumando un cigarrillo mientras siente las manos de ella recorriéndole la espalda, como los personajes solitarios y sin futuro de Hooper. Y se lo pide.

—Acaríciame la espalda —le ordena.

Y ella lo hace. Pero mal. No, no son geishas las mujeres del Chino, sólo saben follar, no se les puede pedir que relajen a sus clientes, que les den conversación, que los arrullen entre dulces canciones. Las caricias de las manos de Paqui en su espalda son bruscas, le dejan desasosegado, y tras las manos siente sus redondeados senos apretándose contras sus vértebras, las textura diferente y mágica de sus grandes pezones ahora aplanados.

—¿Eres de la poli?

La ha dejado debajo de la camisa, pero la ha escondido mal, y la culata asoma por debajo de ella, fría, implacable, como las piernas de una furcia sugerente que esquivara el resto del cuerpo a las miradas de los *voyeurs*.

—Sí. No.

—¿Lo eres o no lo eres?

Sería un buen final si le gustara escribir novelas negras. El cliente obsequia a su puta con veinte de los grandes y se dispara un tiro en la sien. No debe ser tan grandilocuente. Es una mierda. Y está allí con su puta porque no es capaz de conseguir otra mujer. Su puta. Suena a tierno. La palabra «puta», según la inflexión con que se pronuncie, puede ser insultante, excitante, cariñosa. y «mi puta» es esto último, cariñoso. Porque si es tuyo, se dice mientras escupe el humo, si es tuyo, se repite, es que es algo bueno, porque tú no tendrías nada malo, a no ser que fuera un cáncer, pero entonces es distinto, porque con un cáncer has de cargar con él, a disgusto, pero con una puta cargas porque te lo pide el pene, que se encuentra solo, o inapetente, que quiere despertarse, que quiere jugar. La mano de Paqui se desliza por su pecho, le aprieta una tetilla, luego otra, baja por su vientre, hace presa de su pene semierecto.

—¿No te apetece echarme otro?

Para ella es más fácil sentirle gemir dentro, sentirle cómo se mueve sobre su vientre, humedeciéndola una vez más, que permanecer en silencio con un extraño. Un extraño que en la soledad de esa tétrica habitación puede ser cualquier cosa, un extraño que no confiesa ser un policía pese a que lleva un arma. Puede ser un loco, un maníaco que a continuación le eche las manos al cuello, que le vuele los senos a disparos, que le hunda un cuchillo en la vulva. Eso es lo que te ocurre, Paqui, me tienes miedo porque no me conoces, y cuando me tienes encima, gozando, soy totalmente inofensivo, tú lo sabes, y estás más tranquila, moviendo tu culo y tus muslos, pasándome los senos por la cara porque me notas, en aquellos momentos, entretenido, y que no puedo estar por otra cosa.

Le frota el pene, lo humedece con su saliva y lo masturba. Es distinto que te masturben a que te masturbes. Cuando te masturban estás fuera de control, el orgasmo te viene a pesar de ti, y por ello es más placentero y doloroso; cuando te masturbas puedes parar cuantas veces quieras, retrasar tu orgasmo, controlarlo, y cuando se cansa tu mano decir simplemente, vamos, adelante, concéntrate en algo y adelante, hasta el fin. Y ahora está en la primera situación. Paqui remueve su miembro que se desliza en el hueco de su mano corrediza mientras sus senos, por el movimiento de su tórax, chocan entre sí como dos pelotas de béisbol, y su pelo rizado cabalga sobre sus hombros pecosos.

—Te gustan las pajas —le dice observando su cara de satisfacción mientras arrecia el ritmo de su mano—. Seguro que no paras de hacerte pajas.

Exhala la última bocanada de humo antes de alargar el brazo y aplastar la colilla contra el suelo, y mientras la aplasta la lefa salta a chorros de la punta de su pene, se despeña por las manos que lo han excitado y se detiene en la cuenca de su propio vientre. Entonces el despertador suena otra vez, les marca quince minutos y el hombre quisiera quedarse más. Se ha habituado a la habitación en penumbras, al ruido de los coches pasando por debajo de la ventana, al rumor sordo y lejano de las peleas en Escudillers, al maullido estremecedor de los gatos, al olor de la orina en la palangana próxima, a la suciedad de la cortina que vela el cristal de la ventana pintado de chorretones, al reflejo intermitente de los rótulos exteriores, que dicen P NSION, que se adentran hasta la mitad de la habitación, iluminan la cama, marcan sus letras infamantes en el cuerpo pálido y carnoso de Paqui, en sus muslos peludos. Observa. La P y la N en la espalda de Paqui, la S y la I en su propio tórax, la O y la N se estrellan contra la pared algún día blanca. Y trata de imaginarse la vida de ella, su corta, miserable e infecunda vida trazada desde que algún hijo de puta que dijo quererla la metió en el barrizal. Seguro que tiene un novio por macarra, un tipo duro y achulado que es rápido con la navaja y que comete pequeñas fechorías, que trafica a pequeña escala con mierda y en la mierda la ha hundido a ella, que le promete que algún día la sacará del estercolero y tanto ella como él saben que eso nunca pasará, que es una cruel mentira. Y se la imagina en los domingos de sol en la playa de la Barceloneta, tomando el sol en *top-less*, mojándose los tobillos en el agua sospechosa del litoral barcelonés, yendo luego con su novio a tomar un platito de gambas fritas y calamares a la romana en cualquiera de los merenderos, y hasta puede ser que una tarde a la semana la lleven al baile, que una noche le hagan el amor sin prisas, sin dinero y ella, inocente, se derrita por el hombre que cree amar.

—Quince minutos más.

Ella le ha limpiado y se tiende a su lado. El la abraza y la aúpa hasta colocársela encima. La tiene apretada contra su sexo pero no la desea; su sexo, en esos momentos, es incapaz de desear a nadie, está totalmente ahíto. Le pasa las manos por la espalda y juguetea con sus nalgas. Le gusta abrazar las nalgas de las mujeres, sobre todo si son generosas, y las nalgas de Paqui lo son, son amplias, como prolongación de sus muslos. Sus muslos gruesos estallan espléndidamente en sus nalgas. Y su redondez le agrada, como le agrada sentir comprimidos, aplastados, sus senos contra su pecho mientras la besa. Le gusta besarla sin plantearse que antes, en el corto espacio de veinticuatro horas o menos, otros labios y otras lenguas se han adentrado en ese paraíso carnal de pago. Todos somos promiscuos, se dice, a todos nos encanta y nos excita la promiscuidad, y quien lo niegue es que nunca se lo ha planteado. Paqui tiene el culo muy suave, y siguiendo la línea del culo se llega inapelablemente a su vulva de adolescente que se abre circundada de pequeños pelos. Le gusta hendirle el dedo en el sexo una y otra vez mientras la besa, mientras con la otra mano le acaricia las nalgas, y lo hace, rítmicamente, masturbándola, hasta sentir el dedo húmedo y su boca llena de su saliva gozosa, y entonces le introduce otro dedo, y otro, hasta cuatro, y su mano es un gran pene que se mueve en el interior de su vulva arrancándole el placer. Hace disfrutar a una puta, aunque sea una puta joven y poco experta. Y la puta debe de estar muy azorada con su cliente, sin saber muy bien a qué atenerse, esperando de un momento a otro que, tras ese comportamiento totalmente anormal —los clientes acuden a las putas para vaciar el semen que anega sus testículos simplemente, como el hombre de la calle va al urinario a evacuar sus riñones—, le eche las manos al cuello y acabe con ella.

—Es usted un tipo extraño —le dice.

—¿Y por qué me llamas de usted ahora?

—No sé, me sale.

Tiene sus ojos muy cerca y son unos ojos muy grandes, intensos, de mirada despierta. Y su nariz es carnosa, y un poco ancha, acorde con los mofletes pálidos que bordean su rostro. No es bonita pero es agradable. Como toda ella es agradable para retozar. Ha nacido con cuerpo de puta y ese será su destino hasta que se aje o enferme. Sus medias negras penden del respaldo de la silla, y sus bragas blancas, y su sujetador holgado que se abre por delante con cierre metálico, y su falda de cuero que ciñe sus caderas, y su pequeña blusa azul floreada, siempre abierta mostrando sus senos y el sujetador de encaje. Ahora todas hacen alarde de su ropa interior, las de clase alta y las de clase baja. Es una forma de desnudez excitante. Mostrar la ropa interior es una invitación a desprenderla de ella.

—¿Va a estar toda la noche conmigo?

—¿Te molesta?

—No, no, qué va.

—Te extraña.

—Hombre, un poco. Prefiero un cliente como usted, que se está una hora, a cuatro clientes en esa hora.

Claro. La teoría del mínimo esfuerzo. Subir y bajar escaleras, hacer el cliente, vestirse y desnudarse, secarse y limpiarse cuatro veces, moverse o hacer que se muevan encima, despedirlos cuando suena el despertador, y hacerlo con tíos que te producen náuseas.

—¿Con quién lo has hecho hoy?

—No pregunto nombres.

—No, me refiero a sus profesiones.

—Tampoco se las pregunto.

—Bueno, pero debes de conocerlos. Estoy seguro. Debes de saber si te está follando un cura o te está follando un marino yanqui.

Ríe. Cuando ríe lo hace con ganas y sus senos tiemblan como flanes. El los sostiene con las manos mientras los acaricia con la lengua. Luego los succiona, chupa sus pezones, uno tras otro, y tira de ellos como si tratara de vaciarlos.

—Me gusta que me hagas eso —dice ella a media voz, cerrando los ojos, excitándose.

—Háblame de tus clientes. —Deja de acariciarla, hurga debajo de la cama y no para de palpar el suelo hasta que da con el paquete de tabaco que ha caído durante el primer coito con la prostituta.

—Bueno, pues hoy he tenido a un empleado de banca; olía a tinta y a libreta de ahorro, y luego un carnicero de la Boquería, se ha escapado de su puesto con cualquier excusa para echar un polvo rápido, no me ha dejado ni tumbarme en la cama, me lo ha metido contra la pared, bajándose los pantalones, y luego un camionero, lo he notado porque tenía grasa en los dedos y el aliento le olía a carajillo, y bramaba como el motor de su camión —dice riéndose de sus propias ocurrencias—. Luego un marica, sí, como oyes, un marica que deseaba probarse a sí mismo su capacidad de trempar y de tirarse a una puta, es curioso, pero a veces me vienen maricas, y sufren porque les cuesta mucho enderezarla, y un cartero en horas de servicio, bueno, ése era fácil porque ha subido hasta con la cartera en la espalda llena de cartas, y un marino, un marino que llevaba meses en alta mar, que olía a pescado, que sabía a sal, que llevaba polvos de meses a juzgar por lo que me ha chorreado dentro, me salía, me salía todo por los muslos y él seguía metiéndola, y, bueno, un militar, un chusquero, venía de paisano, pero era militar, lo hacía rítmicamente, sin apenas apoyarse en mí, se colocaba todo él sobre las puntas de las manos y de los pies sobre mí y se balanceaba hasta meterme la polla hasta el fondo para luego sacarla del todo, y vuelta a empezar, como si estuviera realizando flexiones sobre mí, ¿lo entiendes?

Había conseguido encender el cigarrillo y expulsaba el humo por encima de la cabeza de Paqui.

—Y luego estás tú.

—¿Qué soy yo?

Se queda un rato callada, luego habla.

—Un tipo raro. Un tipo raro y maravilloso. El único cliente de mi puta vida con el que me ha gustado follar, con el que follar no ha sido ningún trabajo sino un placer.

Un cliente así no se olvida. Comienza a arrepentirse. Un cliente así provoca el que ella lo comente con su amiga, su amiga con su otra amiga, su otra amiga con un cliente, el cliente sea policía... Bien, puede proponerle que se vaya con él, que tiene diez kilos allí fuera, en la calle, a una tirada de piedra, y planes para establecerse en Alicante, ella puede seguir haciendo la calle o establecerse como *call-girl*, follar por las noches cobrando mucha pasta y dorarse los senos todo el año tumbada indolentemente en la playa, y él con la pasta intentará algún tipo de negocio para retirarla. En eso sueñan todas, que llegue un tipo y las libere tras quedar saciado entre sus muslos.

Se pone encima de ella y la besa. Ella se abre de piernas mientras le pasa las manos por la espalda, las baja hasta sus glúteos, se los acaricia siguiendo la raya divisoria de su trasero. El la besa mientras hace amago de hundirle el pene en el sexo. Lo hunde y comienza a moverse. La besa con más fuerza mientras se mueve furiosamente sobre ella, penetrándola con violencia. La ahoga con sus besos y ella intenta separar su boca para respirar. Entonces las manos de él abandonan los senos que han estado tocando para deslizarse sobre su cuello y, una vez aposentadas en él, apretarlo con fuerza espantosa hasta quebrarlo, ahogando su estertor en su garganta.

Sale del cuerpo cálido e inmóvil y se viste despacio. Paqui yace quieta en la cama revuelta con la huella amoratada de sus dedos en el cuello. Tiene la boca cerrada y los ojos abiertos, como sus muslos, y sólo impresiona su inmovilidad. El hombre se mira horrorizado sus propias manos mientras se coloca el arma entre la cintura y su pantalón. Le horroriza el fácil tránsito del placer al dolor, de la vida, y su manifestación más gozosa, a la muerte. La besa antes de partir. El rótulo luminoso de P NSION se refleja en el cuerpo pálido y ahora frío de la muchacha. Entorna los párpados con las palmas de la mano. Abre y cierra la puerta de la habitación. Desciende los escalones. Pasa por delante de la vieja arpía de recepción volviendo la cara. Sale a la noche que ya clarea. Abre y cierra la puerta de su Ford Fiesta. Arranca bruscamente. Mientras conduce el estómago se revuelve en náuseas. Sigue sin tener hambre, ya nunca tendrá hambre.

La amante traicionada

Permanece inmóvil, bajo el dintel de la puerta del dormitorio, sin atreverse a entrar. Controla el ritmo de su respiración, que forzosamente se ha hecho más violento, y controla, en su impuesto silencio, hasta el parpadeo de sus ojos. Se diría que está muerta de tan pálida y quieta. Ha entrado sigilosamente en el apartamento, hundiendo con lentitud la llave en la cerradura, girándola con suavidad, y la puerta se ha abierto con una ligera presión. Ha recorrido el pasillo sin encender las luces, guiándose por las manos, tanteando paredes y puertas, cuadros colgando de las paredes, jarrones orientales jaspeados sobre muebles de caoba, sin margen de error, ya que todo le es absolutamente familiar. Sigilo porque no quiere despertarla, desea sumergirse entre las sábanas de suave satén y abrazar el cuerpo maduro que hay en su interior, ser abrazado a su vez por él, sentir el calor de la ternura y buscar su sexo en la oscuridad. La cama y ella, en la cama, acogedora, como final de trayecto de su largo itinerario por la noche, como una toalla húmeda que borre de su cuerpo y de su mente toda la sordidez de la jornada. Rememora su cuerpo redondeado, de curvas suaves, sus senos grandes, vencidos ya por la madurez, cuando se levanta de la cama, sus caderas que desprenden una fragancia de carne macerada. En su trayecto a oscuras hacia el dormitorio le sorprende el Big-Ben del pasillo, comprado en Londres, anunciando con su campanilleo solemne las seis de la madrugada.

Sofía está cansada. Sofía está harta de su noche de sexo y muerte. Su cuerpo está ahíto de caricias y semen, de brutalidad viril e incontinencia, ahora sólo ansía el roce suave de unos cálidos senos contra los suyos, la caricia relajada de unos dedos ahondándose en su nuca, el beso de una boca desprovista de voracidad, un poco de auténtico amor en la mutua entrega que ella intuye en la frontera del alba. Se ha imaginado tendida a su lado, relajada, hundiendo sus manos en sus cabellos, siguiendo la curva de su espalda, de sus nalgas, besando su nuca mientras le toma los pechos por detrás y los mide con las palmas de sus manos abiertas.

Y permanece inmóvil ante la puerta del dormitorio abierta, sin atreverse a respirar, penetrando, con sus ojos de gato que se dilatan, en la penumbra de la habitación que comienza a diluirse con las primeras luces del alba, pese a la celosía cerrada de la ventana que da a la calle.

Comienza a comprenderlo todo a una velocidad desusada, como la cinta de un film que, de pronto, por la impericia del maquinista, pasara a proyectarse a cámara rápida. Olores, olores diversos que se esparcen por el dormitorio, olores a sudores, olores a semen, olores a hierba quemada, rastro de colillas en el suelo como pruebas palpables de sus suposiciones. Ella siempre tan desordenada, dejándose los cigarrillos encendidos, humeando el ambiente, hasta en el lavabo, cuando iba a orinar, y su ropa interior, colgando del toallero, sus grandes e impúdicos sostenes que hablaban por sí solos del tamaño de los senos que celosamente guardaban. Y desorden en el suelo, sobre el respaldo del sofá; la combinación negra de ella, la deliciosa combinación negra que suele resbalar dócilmente por sus hombros y caer al suelo mostrándola desnuda, y sus bragas negras, y su sujetador transparente. «Siempre llevé sujetador, hasta en la época en que las jovencitas presumían de no llevarlo, me parecía una majadería prescindir de él, me dolían los senos, siempre los he tenido así de grandes...» Y mezcladas, amontonadas, fundidas con las de ellas, las de él, la ropa interior blanca, la camiseta, la americana, el pantalón a rayas con el cinturón desabrochado, la hebilla clavada en el terciopelo de la tapicería. Y sobre la mesa, encima de un papelillo de estaño que brilla sinuosamente en la penumbra, restos de polvillo blanco, un canutillo de papel, copas alargadas de champán, con dos dedos de cava del que ya hace horas que han huido las burbujas, huella de pintalabios en el borde de una de ellas —Blanca se ha pintado los labios para la ocasión, como una vulgar ramera, y se lo ha extendido, incluso, por los grandes rosetones que coronan sus senos, grandes pezones de sangre— y toda ella debe de oler a sudor, a desodorante, a Cacharel, a vino espumoso, porque el champán, con el brindis, ha desbordado la copa, ha caído sobre su vientre, ha corrido por él hasta su sexo, humedeciendo su vello púbico. «Siempre he sentido verdadera adoración por mis senos. En el colegio fui la primera muchacha que tuve. Me crecieron a los trece años y los mostraba, con orgullo, a mis compañeras, me los dejaba palpar. Yo me acariciaba a escondidas, en la cama, por las noches, me pellizcaba las puntas, y me preguntaba cómo era posible que aquella carne rugosa y oscura, que parecía como implantada allí, pudiera proporcionarme tan delirante placer.»

El ha entrado. Y ella se ha arrodillado ante él, desabrochándole el cinturón, hundiendo la mano en la bragueta recién abierta, tomando su pene hinchado entre sus manos, entre sus labios. El le ha acariciado la cabeza. Ella luego se ha levantado, se ha desprendido de su combinación negra, de su sexy ropa interior, ha buscado en el cajón de la mesilla de noche, ha sacado el polvillo blanco, ha formado rápidamente el canutillo de papel, ha aspirado por la nariz, primero por un agujero, luego por el otro, y se ha vuelto a él, sonriente, riendo, que ya está desnudo, que ha dejado doblados sus pantalones sobre el respaldo y se mueve lentamente por la habitación, desprendiéndose de los calzoncillos a medida que se acerca, con el pene erecto. Y ella, riendo, «Espera», cogiendo un poco de coca con las yemas de los dedos, extendiéndola por su glande, una y otra vez, una y otra vez, hasta que el pene se endurece en sus manos, se agarrota, vibra de placer, se humedece, y ella lo mordisquea, palpándole con las manos los testículos, comprimiendo sus nalgas. «Deseo tu semen, deseo que me bañes con él, los senos, el sexo, la boca...», delira, tendiéndose en la cama, tirando de él. Y él besándola en los pies, los dedos gruesos de sus pies, de uñas pintadas, las pantorrillas cortas, las rodillas anchas, los muslos carnosos de exquisita madurez, abriéndose al paso de su cabeza, de sus dientes que tironean de la carne, de su lengua que bebe su sudor, hasta llegar allí, al sexo, y sentirlo, a él, a su boca, a su lengua, lamiéndolo con lentitud, sin tregua, y ella agitándose, frunciendo las sábanas de satén moradas con sus manos crispadas.

Blanca se estremece en su lecho, espléndida con su cuerpo satinado de sudor, y un hombre yace, en posición invertida, sobre ella. Ambos cuerpos se mueven con lentitud, estremeciéndose, los ojos cerrados a lo que les rodea, concentrados en el placer intenso que se procuran y los posee. Ni la ven ni la intuyen ni son capaces de oír el batir del corazón que golpea terriblemente su costado, ni el movimiento de repulsa de su estómago que se contrae. Sofía permanece petrificada, la espalda apoyada contra el marco, los brazos exangües, las manos abiertas sobre sus muslos, como una cariátide que formara parte de la jamba de la puerta.

El hombre de cabellos rubios rizados, de anchas espaldas sonrosadas, de pequeñas nalgas musculosas, de bíceps trabajados en sesiones de gimnasio, de piernas membrudas hechas a las marchas atléticas, se mueve con lentitud exasperante sobre la mujer carnal y madura. Su miembro se sumerge una y otra vez entre los labios abiertos de ella, que lo succionan con avidez, con sed de sexo, mientras los del hombre se acoplan con precisión a su vulva y su lengua recorre los repliegues de sus labios verticales en medio de un ósculo excitante, profundizándola, penetrándola, absorbiendo el néctar placentero que ella supura, que le colma la boca, la garganta, fruto de la excitación que le provoca la presión lingual sobre su clítoris. Las nalgas amplias de la mujer, entre la cabeza del hombre, se agitan, mientras los gemidos estallan en su garganta. Entonces la oscilación de la cabeza de la mujer sobre el pene inhiesto del hombre se hace más rítmica y violenta, buscando un rápido final, forzando su orgasmo, arrancándoselo a su pesar. Sus cuerpos se comban, como si un oleaje interno los agitara, entre mares de sudor salado. Las manos del hombre se posesionan de los grandes senos que cuelgan del tórax arqueado de la mujer, que traga su esperma con glotonería, que se emplea a fondo en su tarea de procurar placer, y las manos rudas del hombre los aplastan, los comprimen, los pellizcan, tiran de sus pezones, los frotan.

—Te amo —se escucha.

Es difícil saber quién ha hablado. Quizás hayan sido los dos amantes al unísono. La voz está demasiado distorsionada por el placer como para poder ser identificada.

Los cuerpos de los amantes se tensan de forma terrible, se arquean, los músculos se emplean a fondo. El hombre remueve su pene en el interior de la garganta de la mujer, hundiéndose hasta la ingle dentro de ella mientras se derrama y, en ese momento, mientras ella traga su semen, las nalgas de la mujer se estremecen víctimas de sumo placer bajo las caricias del hombre y la hendidura de su sexo se humedece y los pechos se le endurecen bajo las palmas de las manos que sólo los rozan, y los pezones emergen volcánicos de la montaña de carne excitada.

—Te amo, te amo.

El pene exhausto del hombre, una columna de

carne enrojecida, se desliza suavemente por los senos de la mujer, por su vientre, por su sexo, dejando en ellos el rastro de su baba erótica, y el cuerpo del hombre cambia de postura, las manos se afianzan sobre las caderas espléndidas de la hembra palpitante, su boca busca la suya, anhelante, hasta que se funde en un beso ruidoso.

Sofía se desnuda y entra en la habitación. El hombre advierte su presencia y aparta los labios de los pezones rojos de la mujer madura. La mujer madura gime mientras manipula el miembro del hombre y consigue de él una nueva erección. El hombre toma a la recién llegada por las caderas y la tumba en el lecho. La mujer madura se incorpora, acerca sus senos voluminosos a los labios de la recién llegada y explora su sexo con las manos. El hombre aparta suavemente las manos de la mujer madura y clava su pene en su sexo, moviéndose a continuación sobre ella. La recién llegada se arquea, abre sus muslos, los cierra, los abre, mientras toma con sus manos los senos de la mujer madura que gravitan sobre ella. La mujer madura frota su sexo contra las nalgas estremecidas del hombre. El hombre se derrama en el sexo de la recién llegada. La recién llegada busca la boca de la mujer madura, mordisquea sus labios anchos, le hunde la lengua una y otra vez, sin dejar de acariciar sus senos. El hombre busca el sexo recién poseído y lo lame con suavidad, luego pasa a ocuparse del otro sexo, más grande, más profundo, insaciable, que aguarda al lado. Las mujeres ríen mientras el hombre pasa, alternándose, de una a otra, tratando de complacerlas con sus caricias bucales.

Sofía se retira en silencio. No ha visto ni oído

nada. No he visto nada, se dice en silencio, no he entrado aquí, se repite, mientras retrocede por el pasillo, abre y cierra la puerta de la calle, se desliza por las escaleras a oscuras hasta el vestíbulo de la casa. Al llegar a la calle llora, silenciosamente. Le duele el pecho, como si le hubieran asestado una puñalada, como si un cáncer lo estuviera corroyendo. Le duele la garganta, a punto de reventar, seca. Tiene sed, de amor. Deambula por las calles desiertas, subiendo y bajando de la acera a la calzada, hasta que desemboca en la Travesera, vislumbra la luz verde de un taxi y extiende el brazo.

—Al estadio del Club de Fútbol Barcelona.

El taxista conduce despacio, la observa a través del espejo retrovisor. Es un hombre maduro, de unos cincuenta años, calvo, con delgado bigote fascista sobre el labio, palillo entre los dientes y oscuras gafas. Pero pese a las gafas de sol Sofía advierte que la está mirando, que le observa las piernas, y ella, sonriendo, se desnuda un seno, se lo toca sabiéndose observada, se humedece los labios, azota sus comisuras con la lengua, de derecha a izquierda, y se aproxima al conductor, susurrante, clavándole el pezón del pecho desnudo en el cogote.

—¿Si te hago una paja no me cobrarás la carrera?

El vehículo se detiene junto a la acera. El taxista baja, con dedos trémulos, la bragueta de su pantalón y libera su miembro. Sofía le echa una ojeada. Cuatro movimientos del bálano sobre el glande y la lefa le manchará los pantalones. Lo hace, con la derecha, mientras el taxista le chupa los senos, volviendo tanto la cabeza que está a punto de descoyuntarse. Pronto Sofía siente los espasmos del pene y el líquido viscoso y cálido derramándose por su mano, y se limpia en los propios pantalones del hombre. El taxista, confundido y avergonzado, guarda su miembro y pone la primera. El coche arranca con una sacudida brutal conduciéndola hacia el infierno.

[illegible] Barrio [illegible] los espa-
cios del parque y el Hombre, viscoso y cálido, [illegible]
[illegible] por su mano, y se [illegible] en los propios
pantalones del hombre. El taxista, comunicado y
[illegible], guarda su miembro y pone la pri-
mera. El coche arranca con una suavidad brutal,
conduciéndole hacia el infierno . . .

Insomnio

Le pesan los párpados cuando cruza raudo la Plaza de la Villa de Madrid. Reina el silencio, sólo truncado por los quejidos estridentes de los gatos que habitan entre las tumbas romanas y se aman, que son como llantos de niños hambrientos. Ha dejado el coche en las proximidades de la Avenida del Portal del Angel y decide continuar a pie su camino a ninguna parte. Desea que salga el sol, que las nubes se abran y muestren el cielo azul ansiado. Desea la victoria de la luz sobre las tinieblas. Y en el interregno camina, sin rumbo fijo, guiándose, por el aroma de café recién hecho, hacia los establecimientos más madrugadores.

—Un café solo, por favor.

Aguarda impasible a que la máquina se caliente, a que la infusión negra chorree hacia la tacita, a que la mano dura, gruesa, poblada de pelos y anillos, lo lleve hasta el mostrador, y, aspirando su aroma, el humillo tenue que asciende de su negra superficie, se despierta.

Un vagabundo aterido de frío, con una pelliza sobre los hombros, y el cuerpo envuelto en papeles de diario, intenta entrar en el establecimiento a calentarse y el hombre con las manos rudas le invita a marcharse. El vagabundo no atiende a palabras, se sienta en una silla, junto a una mesa, se frota las manos renegridas, se lía un poco de tabaco con las hojas amarillentas de un diario y prende fuego al artefacto que coloca junto a sus labios agrietados.

—Le he dicho que se largue.

La violencia cotidiana y a esas horas de la mañana. El vagabundo se resiste, espera infundir el suficiente asco al patrón del bar como para que éste desista de ponerle las manos encima, no sea que le contagie alguna enfermedad infecciosa, ya que grandes ronchas rojas cubren la parte del cuello que aparece al descubierto, o los piojos salten de su barba y su pelo a los brazos arremangados. Y entonces el hombre lo coge por las solapas, lo levanta, lo arrastra hacia la puerta, sin esfuerzo aparente, porque el vagabundo está muy delgado, sólo con una muestra de asco, y lo arroja de un empellón a la calle, y el pobre hombre trastabillea un buen rato, dando tropezones, hasta que consigue sujetarse a una pared rugosa que le desgarra parte de su mano derecha.

El dueño del café se lava farfullando maldiciones. Se restriega tanto las manos con el agua y con el jabón que se diría que iba a arrancarse la piel.

—¡Cerdos! Les tengo dicho que no los quiero dentro, que se esperen fuera y ya les daré algo. ¡Cerdos!

Los vagabundos son nuestra mala conciencia, piensa Roberto apurando su café. Los vagabundos, la gente en paro, los gitanos. Los despreciamos, los rehuimos, nos apartamos de ellos como de apestados, temiendo que nos contagien su miseria. Nos alegramos de que existan y nos sentimos muy satisfechos de que ellos sean así y nosotros seamos como somos. No nos apiadamos, y, los que lo hacen, pocas veces es de corazón.

Deja una moneda y sale. La noche ya clarea. Por la Rambla baja una brisa que viene del Tibidabo y va a morir al mar. El agua se ha helado en el paseo. La cartelera del cine Capitol, el popular Can Pistolas, anuncia un film negro.

Se hunde en el subterráneo de la Plaza de Cataluña. No actúa ningún conjunto heavy, es demasiado tarde o pronto para ello, pero en su lugar roncan los vagabundos, una pandilla variopinta de sexos, edades, razas, unidos por el factor miseria. Cada uno tiene acotado su territorio y la peste a orina que reina allí dentro es demasiado fuerte. Duermen pese a que sus pisadas resuenan por el subterráneo. Pronto abrirán las puertas del metro y el tránsito de obreros explotados hacia sus fábricas será como una inmensa riada humana hasta que sea sustituida por el de los oficinistas y los empleados de banca que entran más tarde. El debe coger el metro. Pero no cogerá ya ningún metro. Está decidido. Se ha liberado.

—Déme algo, amigo. Tengo hambre.

Es viejo, es miserable, una barba descuidada y canosa cubre sus mejillas hundidas, unos ojos apagados brillan en el fondo de sus cuencas amoratadas. La mano que le coge la manga es sarmentosa, parece a punto de romperse, se le transparentan los huesos, las venas, hasta se siente el lento fluir de la sangre bajo la piel.

—Suéltame, viejo asqueroso —le grita.

—Por favor. Algo de dinero —brama desesperadamente.

Se deshace con brusquedad de su mano, lo empuja con fuerza hasta tumbarlo en tierra, le pisa el cuello hasta aplastarle la nuez.

—Me está matando, hijo de puta —gime el vagabundo, sin apenas voz.

Puede matarlo. Mantener el pie más tiempo así, sobre el cuello, pisar con más fuerza, acercarle la punta de la pistola a la frente para matarlo del susto. Se aleja.

El reloj de la sede del Banco Central de la Plaza de Cataluña marca las seis y diez de la madrugada. El termómetro alcanza los cinco grados. Roberto desciende por las Ramblas hacia el puerto. Las Ramblas es un paseo vacío en el que comienzan a despertar los pájaros de las tiendas encerrados en sus quioscos, las gallinas cloquean en sus reducidas prisiones y los hámsters se apelotonan unos contra otros buscando el calor. Divisa Colón, al fondo, y sobrepasa la guardia soñolienta del Gobierno Militar. Cruza el Paseo Marítimo festoneado de palmeras y se aproxima al borde del mar. El agua está negra, espesa, como una gran capa de aceite, y en su oleosa superficie flotan latas de cerveza, palomas muertas, cartones. La mano crispada de un vagabundo emerge entre las inmundicias, señalando dramáticamente la luna que describe un camino plateado que cruza todo el puerto. El ligero oleaje lleva hasta el muelle el cadáver hinchado que oscila bajo la mano. Y el cuerpo, sin vida, queda flotando junto a los escalones del embarcadero.

Suspira mientras se retira. Enciende un cigarrillo y arroja una bocanada al aire. Un barco de la

Transmediterránea apaga todas sus luces. El quejido de una sirena se extiende grave por la bocana, anunciando la entrada de un navío. Es un barco liberiano, herrumbroso y pequeño, que entra despacio remolcado por dos embarcaciones. Vislumbra a su capitán en el puente de mando.

—¿Me acepta? Sé hacer nudos marineros y soy capaz de ir a las islas Papetee sin tocar ningún puerto.

Irá al Sur. Lo tiene decidido. Irá al Sur, consumirá su dinero y su tiempo y se dejará una bala en el tambor del revólver para cuando todo se termine. Puede darse el plazo de un año. Un año alojado en un hotel lujoso, rodeado de chicas guapas, tostándose en la piscina, buceando bajo aguas cristalinas, bebiendo whiskies en los clubs nocturnos de la ciudad. Nunca lo ha hecho y decide que ahora debe hacerlo.

—Documentación, por favor.

Y abre fuego, instintivamente. No le cuesta gran cosa sacar el arma del pantalón, apuntar y disparar sobre el policía uniformado que no tiene tiempo de zafarse y se derrumba en el suelo con un gran boquete en el cuello. La sangre y el aire escapan por su faringe destrozada. Salta sobre él y continúa su huida. Pero antes de ello tiene que resolver un par de asuntos.

La carne de la víctima

La niebla allí, junto al estadio de fútbol, es tan espesa que no parece haber esperanzas de que el sol, cuando salga, si es que alguna vez lo hace, vaya a disolverla. Está como pegada a la acera, y sobre las aceras, quietas, impertérritas, deslizando sus cuerpos unos metros arriba para volver a continuación sobre sus pasos, ellas, y ellos que quieren ser ellas, mostrando sus anatomías ateridas de frío a las miradas de los hombres rijosos que, desde los automóviles, pasan despacio, devorándolas, deseándolas. Las hay de todos los colores y de todos los sexos. Curvilíneas mulatas que visten tanga bajo el abrigo de pantera alquilado que abren intermitentemente, escandalosos travestidos deseosos de mostrar los últimos trabajos de sus cirujanos plásticos sobre sus anatomías torturadas, mujeres maduras que manosean sus senos en solitario bajo la luz de las farolas dando fe, en ese hundimiento de dedos en sus turgentes carnes, de su no artificiosidad.

Ella acaba de llegar. La muchacha mulata sube a un Porsche deportivo rojo conducido por un orondo rubio. El travestido, tras mostrar sus senos siliconados a un tipo flemático de mediana edad, con todo el aspecto de director de banca, introduce su metro ochenta de estatura en un Mercedes blanco. Y la mujer madura, harta de la espera, desliza sus caderas hacia abajo, hacia la zona del estadio, bostezando de aburrimiento. Entonces ella queda sola, bajo la luz de la farola, aterida de frío, paseando arriba y abajo, mirando iracunda al cielo grisáceo que se abre una vez más para destilar sobre las calzadas de la ciudad una lluvia sucia que va a pintar de barro las carrocerías de los coches aparcados a la intemperie. El alba resplandece tras los montículos de la cercana sierra de Collcerola mientras el tráfico de vehículos por la avenida se hace más distendido, casi inexistente. Y pisa con rabia el asfalto imaginando que sus afilados tacones hunden los senos de Blanca, los perforan. De repente la odia, ha deseado su muerte y la del hombre que la acompañaba, del que no ha distinguido nada, sólo su espalda ancha, sus nalgas estrechas y sus muslos fuertes de deportista. Y se imagina a sí misma hundiendo la daga en la espalda perlada de sudor del hombre en el momento del éxtasis.

Decide regresar. No ha visto nada. Ignorarlo todo. Aquello no ha ocurrido. Resulta mucho más cómodo ser ciega y sorda a la realidad desagradable. Olvidará la traición de su amante, se refugiará bajo el calor de su cuerpo manchado por la impureza de su hombre, besará los labios que el esperma ha mancillado.

Un coche se detiene a su lado y un hombre de complexión robusta asoma por su ventanilla.

—¿Subes?

—Son treinta —dice ella, para desanimarle, sin casi mirarlo.

—De acuerdo —y le abre la portezuela.

No tiene ganas, pero entra. Y antes de acomodarse está a punto de esgrimir cualquier excusa, pero ya se encuentra sentada junto al conductor, en el Ford Fiesta rojo que arranca nada más acomodar sus nalgas en el asiento de tapizado desgarrado. ¿Cómo se va a gastar este tipo treinta mil pesetas en un polvo si ni siquiera tiene dinero para arreglarse la tapicería del coche?, se pregunta. Y entonces lo mira. Es alto, casi toca el techo del vehículo y mantiene las rodillas muy dobladas, en tensión, mientras conduce con una mano y con la otra lleva el cigarrillo encendido a la boca, sus ojos se ocultan tras unas gafas negras y su boca, fina y dura, es tremendamente atractiva. Lo observa con más detenimiento. Las manos, las manos cubiertas de vello, con un par de anillos voluminosos, el pulgar de la izquierda marcado por una gran cicatriz de cuchillo, que debe de haber estado a punto de cercenarlo.

—Yo a ti te conozco —dice ella tras un momento de duda.

—¿De veras? ¿De qué?

—Yo me he acostado contigo. —Sofía ríe—. Tú estabas como una cuba, ya me acuerdo, en una fiestecita; había otro tipo contigo, un tipo siniestro, con la nariz torcida por un puñetazo, y os entreteníais en meterme los billetes de cinco mil doblados como canutos en mi coño...

—Tengo la sensación de que me tomas por otra persona. No suelo ser tan vulgar con las mujeres. Las respeto.

—¿Un caballero? —interroga ella con sarcasmo—. No tienes una cara muy corriente.

—Yo es la segunda vez que te veo hoy.

—¿Me has visto hoy?

—Sí, te he visto sentada en el Drugstore con dos tipos con pinta de viajantes de comercio.

—¿Me espías?

—No, y luego te he visto bajar con ellos por el Paseo de Gracia. No hará de eso ni tres horas.

—Ya caigo ahora. Tú ibas del brazo de una mujer colgada, una especie de vagabunda desarrapada. ¿Dónde la has dejado?

—La he perdido por allí.

—Y ahora tienes ganas de follarme, ¿no?

El hombre mueve la cabeza, lanza una bocanada de humo por la nariz y reduce marchas hasta detener el coche ante el semáforo de la Diagonal.

—Pero tú no tienes treinta mil, amigo. Ni yo tengo ganas de que me eches un polvo gratis. Estoy cansada, quiero irme a la cama.

—Tengo mucho más de treinta mil, muchísimo más.

—¿Un farol?

—No, nunca utilizo faroles.

—Está bien. ¿A dónde me llevas? ¿O prefieres que lo hagamos en el coche?

La luz ámbar de los peatones se enciende y, al cabo de un instante el semáforo de los coches se vuelve verde y el Ford Fiesta rojo arranca con brusquedad. Circula solitario Diagonal abajo, hacia la plaza Francesc Macià, rebasando las torres asimétricas de la Caja de Pensiones y la fachada obsoleta de El Corte Inglés. Cabalgan en solitario cogiendo en verde todos los semáforos que cambian en cuanto se aproximan ellos.

—¿Te gusta esto?

—¿Qué es esto?

—Todo, tu vida, lo que haces.

—¿Lo que hago? ¿Follar? Follar me da dinero rápidamente, y eso es lo que busco, ¿entiendes? En cuanto al resto de mi vida no sabes nada, no tienes ni idea de lo que hago, de quién soy.

—Te equivocas. Lo sé todo, Ada.

—¿Ada?

La última de la noche

Circula con lentitud, con la ventanilla bajada, aspirando el aire húmedo de la noche en cortas bocanadas, temblando, pese a todo, de frío, y la pistola en la guantera, al alcance de la mano, y se pasea, despacio, sabiéndose la última de la noche, arriba y abajo, subiendo y bajando de la acera, deseando acabar, ¿dónde?, seguida por la mirada del travestido de glúteos siliconados y pene retráctil que muestra sus atractivos cada vez que un coche aminora la marcha, como cuando él la aminora, se le acerca, pero él le contesta que no, le dice que no, negando con vehemencia con la cabeza, y ella/él, pintado/a, guarda sus provocativos senos de falsa mujer bajo el abrigo, taconea acera abajo, mientras ella se vuelve, lo mira. «¿Subes?» ¿Por qué sube si no tiene ganas?, el hombre arranca en silencio, es un hombre que no está nada mal, es un hombre que no habla, sólo conduce, con un solo brazo, el otro acodado en la ventanilla abierta, que le cruza Barcelona, que no sabe dónde la llevará, ¿qué más da?, le recuerda a ella, le recuerda muchísimo a ella, sólo que con el pelo más corto, pero ella también se había cortado los cabellos durante el verano en Cadaqués y a él entonces le había gustado acariciar su cráneo redondeado y pequeño, y estaba hermosísima, el pelo corto le otorgaba un aspecto infantil y encantador, fue cuando se sintió de nuevo seducido por ella e hicieron aquella locura de amarse en la arena, en plena tarde, en una cala que había a la salida del pueblo, a la vista de todo el mundo, como en *Zabriskie Point* de Antonioni, y aquél, por las circunstancias, fue uno de los coitos más excitantes y ahora él le hace preguntas, y ¿por qué no llamarla Ada?, «Ada», le dice, y ella, tras la extrañeza primitiva parece aceptar su nuevo nombre. «¿Ada?» Le gusta, y por ello sonríe, lo asume. «Está bien, Ada.» Y el amor con ella no es una mera rutina, aunque él desea que sea rutinario, está demasiado cansado para dejarse llevar por la pasión y tampoco es que el marco del *meublé* incite a que lo sea, se ve duplicado en el espejo que se extiende por el techo del dormitorio, se ven en los espejos que cubren las paredes, la ve a ella devorando su pene, y se pregunta cómo puede hacérselo a un extraño, pero lo hace, y finge pasión en su acto, como si aquel pene fuera el del ser más amado, y quizá sí lo sea, porque ella es Ada, de repente me gusta, me gusta su sabor acre, me ha gustado ya desde que lo he enjabonado y él se ha estado muy quieto tendido en la cama, con los ojos cerrados y el miembro tenso entre mis manos, soportando mis caricias, me ha gustado su sonrojo cuando lo he buscado dentro de su pantalón y lo he hecho aflorar erecto, y él se ha dejado hacer mansamente, con cierta expresión de temor en el rostro, todos temen algo cuando confían su miembro, temor al daño, a la vulnerabilidad, temor a no poder mantener la erección, el maldito temor de los machos a no poder cumplir su función sexual, su maldito papel activo y arrogante, y percibo entre mis labios la angustia, el vibrante latido de su corazón por las venas que atraviesan el prepucio, que hinchan su glande bajo mi lengua, sabiéndome superior en aquellos momentos, porque le tengo cogido, puedo hacer cualquier cosa contigo, hijo de puta, puedo seccionártela de un mordisco y habré acabado con toda tu maravillosa hombría de una vez por todas, pero debo tranquilizarme, y dejarme ir, dejarme ir dentro de su garganta, mientras acaricio su coronilla; mientras siento sobre mis piernas el roce excitado de sus pezones prominentes demasiado grandes para senos tan menudos, y ese momento lo retardo, porque siempre tengo miedo de cómo lo van a tomar ellas, de si verdaderamente lo desean o les asquea, y acostumbro a indicarles el momento exacto de mi eyaculación, advertirles con un pequeño gesto, presionando suavemente su nuca, para que sean ellas las que tomen la última decisión, la de apartar el rostro y sentir su semen en el pecho, o la de absorberlo gozosamente, y ella, tras mi indicación, tras mi excitada alarma, se separa, toma mi pene con sus manos, lo acaricia entre sus senos y lo obliga a derramarse dulcemente sobre ellos, y a mí, absurdamente, me gusta sentirlo palpitar junto a los pezones, derramándose con lentitud toda su carga de excitación, la textura de su líquido seminal cálido y pegajoso que se extiende como una película por mi pecho, que yo extiendo con mis manos, como si me ungiera con él, un sagrado aceite blanco, el ámbar, tras lo cual lo beso, le beso, en la barbilla, en el pene, en los labios, llevándole a la boca el sabor de su propio semen, y yo le acaricio la espalda, mientras la siento húmeda por mi eyaculación, deslizándose por mi cuerpo, acaricio sus nalgas breves, paseo las palmas de mis manos por su dorso, presiono su nuca, presionándola más, abrazando su cuello, podría matarla, podría matarlo en un momento de descuido, ahora que es un sucio macho saciado, coger la daga y seccionarle la garganta de un breve tajo, un corte que vierta su otro líquido, el líquido de la muerte, o dibujarle con precisión un ojal en el estómago, puedo hacerlo, debo hacerlo, matar al tipo extraño que me ha amado sin importarle el precio, que me mira intensamente como si me conociera de toda la vida, al que he seguido mansamente sin protestar hasta el interior del *meublé*, matar al tipo extraño que no se separa de su maleta, cuya maleta, bajo la cama, parece palpitar cuando hemos hecho el amor, y alargo el brazo, busco la daga, que debe de seguir en el bolso, y el bolso, en el suelo, debajo de la cama, o a los pies, y puede que él se dé cuenta de mi gesto, o quizá no si le acaricio, y ella comienza súbitamente a acariciarme el pene con su mano, lo acaricia, lo besa, mientras desciende por mi cuerpo y me besa los pies, besándome los pies, nadie me los había besado antes, y ha de ser ella, Ada, quien lo haga, chupando mis dedos, uno por uno, como múltiples penes, y entonces alzarme, acariciarle el pene con la daga, subir por su estómago, surcar su pecho, dejando el rastro de sangre y de pelos seccionados, hasta el cuello, y allí permanecer, sintiendo palpitar su sangre bajo su punta, sintiéndolo sudar con angustia, estremecido, mientras no cesa de repetir mi nombre de Ada, Ada, Ada, y decirme que me quiere en su locura suicida, y entonces hundirlo y sentir su gemido ahogado bajo la muñeca, al mismo tiempo que mi sangre borboteante la empapa, como antes fuera mi semen, y ella, esa loca odiosa, se aboca sobre mí, me besa, para ahogarme, mientras su afilada daga se abre camino en mi cuello... o: la adorable y odiosa Ada, la infiel y promiscua Ada, ahora tengo ocasión de acabar con tu odiosa vida, tendida, desnuda, indefensa, puedo matarte con sólo presionar tu cuello delgado, pero tu fin será otro, otro el que te mereces, arpía, vas a copular con la muerte, vas a sentir el frío aliento de la muerte en tus entrañas y su explosión de fuego será demoledora, y entonces alargar el brazo, palpar sus nalgas, deslizar la mano de las nalgas al suelo, tantear el suelo, hasta tocar la maleta, y sobre la maleta el arma, el arma que ha sacado momentos antes de la guantera, y sacársela de encima, ponerla debajo, como si fuera a penetrarla con ella, entre sus muslos, se excita con la visión de su cuerpo desnudo, de sus muslos que se abren mostrando el sexo alargado y tibio, una raja voraz por donde se pierden los penes, y penetrarla, penetrarla con su miembro duro sin hacer caso de su protesta, y en medio de su éxtasis, del éxtasis que casi sigue sin interrupción al dolor, la pistola, ese miembro duro ajeno a flaccideces, ese miembro aún más duro y más frío que es el cañón del arma, que se pierde en el interior de su sexo lubrificado, que la paraliza con su gélido contacto, y acariciar el gatillo, acariciarlo mientras decide, mientras palpa sus senos endurecidos, perlados de sudor, mientras palpa sus caderas leves, su vientre tenso, mientras coloca a modo de mordaza la mano sobre su boca y le mira fijamente a los ojos inmóviles, petrificados, privados del más leve parpadeo, y dispara, la pistola eyacula en sus entrañas su chorro de fuego y por un momento la habitación huele a carne quemada mientras toda ella se frunce, sacudida como por un terremoto, y no acierta ni a morderle la mano que ahoga su gemido de dolor.

Barcelona, junio de 1989

La sonrisa vertical

30. Nueve semanas y media
Elizabeth McNeill

31. Amor & Tarot
Esteban López

32. Ella o el sueño de nadie
Mauricio Wacquez

33. Beacul
S. G. Clo'zen (seudónimo)

34. El hombre sentado en el pasillo
Marguerite Duras

35. Historia de O
Pauline Réage

36. Duende nocturno
Arnauld Delacompté

37. Tres días/Tres noches
Pablo Casado

38. Opus pistorum
Henry Miller

39. Cuentos inenarrables
Aldo Coca

40. El mal de la muerte
Marguerite Duras

41. El último goliardo
Antonio Gómez Rufo

42. Emmanuelle
Emmanuelle Arsan

43. Las cartas de Saguia-el-Hamra, Tánger
Vicente García Cervera

44. El azul del cielo
Georges Bataille

45. El matarife
Rafael Arjona

46. Sor Monika
E.T.A. Hoffmann

47. Ligeros libertinajes sabáticos
Mercedes Abad

48. La nina russa (edición catalana)
Anna Arumí i Bracons

49. El pecador impecable
Manuel Hidalgo

50. Diario de un gran amador
Alberto Lattuada

51. Retorno a Roissy
Pauline Réage

52. Ceremonia de mujeres
Jeanne de Berg

53. El vaixell de les vagines voraginoses
Josep Bras

53. El bajel de las vaginas voraginosas
Josep Bras

54. Siete contra Georgia
Eduardo Mendicutti

55. El hábito del amor
Anne Cumming

56. Memorias de Dolly Morton
Denzil Romero

57. La esposa del Dr. Thorne
Denzil Romero

58. Elogio de la madrastra
Mario Vargas Llosa

59. La filosofía en el tocador
Marqués de Sade

60. El coño de Irene; seguido de El instante y Las aventuras de Don Juan Lapolla Tiesa
Louis Aragon

61. Las edades de Lulú
Almudena Grandes

62. Las amistades peligrosas
Pierre Choderlos de Laclos

63. Amatista
Alicia Steimberg

64. La novela de la lujuria
Anónimo

65. Mlle. Mustelle y sus amigas
Pierre Mac Orlan

66. Pubis de vello rojo
José Luis Muñoz